Christoph Gottlob Klemm

Die Seelengeographie

Ein deutsches Originallustspiel in fünf Aufzügen

Christoph Gottlob Klemm

Die Seelengeographie
Ein deutsches Originallustspiel in fünf Aufzügen

ISBN/EAN: 9783743365513

Hergestellt in Europa, USA, Kanada, Australien, Japan

Cover: Foto ©Andreas Hilbeck / pixelio.de

Manufactured and distributed by brebook publishing software
(www.brebook.com)

Christoph Gottlob Klemm

Die Seelengeographie

Seelengeographie.

Ein deutsches

Originallustspiel

in

fünf Aufzügen.

Leipzig,

bey Adam Friedrich Böhmen,

Vorrede.

Eine wahre Geschichte hat zu diesem Luſtſpiele Gelegenheit gegeben. Ich ſann wegen des Titels hin und her, und nahm endlich einen à la Plautus. Hier iſt die Kritik meines Stückes. Zu wenig Handlung, vielleicht auch vielen zu wenig intereſſant. Unnütze Scenen, beſonders der Bedienten mit dem Kammermädchen. Ueberflüßige Perſonen, die wegbleiben können, Fräulein Juliane, Juſtine, Eſpenkreuz Sohn, vielleicht auch Eſpenkreuz Vater, Caroline, Stubenkolm, Hannenfeld, Frau von Hornheim — meinetwegen alle. Jetzt liegt nun einmal das Stück, wie es iſt. Lieber etwas ganz neues verfertigen, als eine alte Arbeit ſo umſchmelzen, wie es unſere Kunſtrichter fordern. So gehe es denn. Vielleicht bekennt ſich der Vater zu ſeinem Kinde, wenn es artige Leute unterhält.

A 2

Per=

Personen.

Herr von Eisenstamm.

Frau von Eisenstamm.

Herr von Espenkreuz, Vater der Frau von Eisenstamm.

Fräulein Caroline, Schwester der Eisenstammin.

Herr von Stubenkolm.

Baron Hannenfeld.

Frau von Hornheim.

Fräulein Juliane, ihre Tochter.

Herr von Espenkreuz, Sohn.

Herr von Langenthal.

Justine, Jungfer der Frau von Eisenstamm.

Andres, Bedienter des Eisenstamm.

Jacob, Bedienter der Frau von Eisenstamm.

Der Schauplatz ist in dem Eisenstammischen Hause.

Erster

Erster Aufzug.

Erster Auftritt.

Eisenstamm, Hannenfeld, Stubenkolm, welche spielen.

Eisenstamm.

Ich bin doch ein unglücklicher Mann!

Hannenfeld.

Da sitzt er wieder da, Centner schwer von Grillen und Grillen! Geh, ich hätte den Teufel davon! Spiele und zahle drey Matadors. Mit deinem mürrischen Humor machst du, daß uns Stubenkolm das Geld abgewinnt. Wenn du

A 3   nur

nur ein wenig aufmerksamer gewesen wärest, so
hätten wir ihm wenigstens fünf Sansprendre herum gesungen.   Narr, denkst denn du, daß ich
mein Geld auf die Gaße werfen will?

Eisenstamm.

Warum zwingst du mich zum Spiele? du
siehst ja, daß ich nicht der geringsten Aufmerk-
samkeit fähig bin?

Hannenfeld.

Weil ich geglaubt habe, ich würde dich dadurch ein wenig zerstreuen können.   Meinetwegen so bleibe allein, und musicire mit deinen
Grillen.   Den Stubenkolm hast du noch dazu
verhindert, daß er seiner hochnasigen Göttin um
eine Stunde später seine pflichtschuldigste Aufwartung machen kann.   Spiele fort.

Eisenstamm.

Ich rühre keine Karte mehr an.

Hannenfeld.

So sollen wir dem Stubenkolm das Geld
so im Sacke lassen? Sie müssen mir Revange
geben, sieben baare Dukaten habe ich verlohren.

Stubenkolm.

Baron, sie haben ein andermal auch so viel
gewonnen; den Lärmen bin ich satt.

Hannenfeld.

Dem läuft die Galle wieder über.   Ich bin
schon wieder gut, mein lieber Stubenkolm.
                                        Ich

Ich mag mit den Leuten nichts zu thun haben,
die mir in einer Viertelſtunde die Ohren herun-
ter reißen, und ſie in der zweyten mit Reue und
Thränen wiederum daran ſetzen möchten. Was
thun wir denn alſo? Ich kann nicht müßig ſeyn,
ich muß entweder mit der Karte, oder mit leben-
digen Puppen ſpielen.

Eiſenſtamm.

Sage mir nur, Baron, wirſt du dein ganzes Leben hindurch der rohe, lüderliche Mann
ohne alle Grundſätze bleiben, trotz der vortreffli-
chen Erziehung, die man dir nicht nur wie dem
beſten Kavalier im Lande, ſondern wie einem
Fürſten gegeben hat?

Hannenfeld.

Und du, Eiſenſtamm, der unruhige, düſtre,
menſchenfeindliche Mann, der ſich noch in den
Jahren des Jünglings alle Vergnügungen verbittert, der ewig ſeufzet, ſich grämet, niemals
genießt?

Eiſenſtamm.

Genießen, wie du? auf Koſten der Tugend,
der guten Sitten? du biſt verheyrathet ———

Hannenfeld.

Schön. Weil ich verheyrathet bin. Von
dem Augenblicke ſoll ich alſo aufhören, keine Augen mehr zu haben, das ganze ſchöne Geſchlecht
abzudanken, und nur für meine ſüße Meluſine
zu brennen. Thun das die Weiber für uns?

Stubenkolm.

Ja, Baron, sie thun es; aber Vernunft muß uns leiten, Liebe muß uns entflammen, Höflichkeit, Gefälligkeit gegen einander muß den Umgang würzen, es muß ein gegenseitiges Verlangen herrschen, sich einander zu gefallen; alsdann werden unsere Tage friedlich und ergötzend vorbey fließen, und dann ist die Ehe der einzige Stand, der uns in dieser Welt glücklich machen kan.

Hannenfeld.

Wohl geredt, Herr Salomon. Sie sind noch ein Junggeselle: Heyrathen sie; sie werden in etlichen Monaten anders pfeifen.

Stubenkolm.

Nein, Baron, ich werde nicht eher heyrathen, als bis ich die größte Evidenz von dieser Glückseligkeit vor mir sehe. Aber so, wie ihr jungen Herren Weiber nehmet, müsset ihr natürlich auf alle Zufriedenheit Verzicht thun.

Hannenfeld.

Warum, mein guter Stubenkolm?

Stubenkolm.

Sie fragen? Weil ihr auf nichts weniger, als auf Zufriedenheit, in der Ehe denket; weil euch die Pflichten derselben niemals nur einen einzigen Augenblick beschäftiget haben; weil ihr auf der Welt nichts, als euer Interesse, dabey zu Rathe ziehet.

Han=

Hannenfeld.

Immer besser, immer beredter. Ey, mein allerliebster, bester und schönster Stubenkolm, was sollen wir denn zu Rathe ziehen? Sollen wir vielleicht lauter Pamelen suchen? Wo sind sie bey unsern gescheiden Zeiten? Und wenn sie da wären, wie viele sind denn heut zu Tage so reich unter uns, daß sie diese girrenden Turtel- täubchen standesmäßig füttern, kleiden, ausfüh- ren, spielen und bedienen lassen könnten? Sol- len wir mit ihnen betteln gehen? Wenn man einmal diese Thorheit begehen will, oder muß, so muß man leben können, dazu braucht man Geld, und bey der heutigen Welt viel Geld. Man muß sich also entweder ein rechtes reiches Weib suchen, oder es gar bleiben lassen. Fra- gen sie Eisenstammen, ob er anders gedacht hat? Alle vernünftige Männer müssen so den- ken, oder sie sind Seladone, Romanprinzen, Amadise und Donquischotte.

Stubenkolm.

Wissen sie, Baron, daß ihr Geschwätz sehr abgeschmackt ist? wie in schlechten Komödien, um mich noch recht sehr bescheiden auszudrücken.

Hannenfeld.

Verflucht, bescheiden. Das schönste von Stubenkolm ist, daß er sich immer gleich bleibt. Mein lieber Freund, man muß sich nicht selbst hintergehen, das Geld ist in den Herzen von uns Männern mit brennenden Buchstaben eingegra-

A 5 ben

ben, es ist mehr, als unsere Seele.   Wenn sie
nicht wüsten, daß Fräulein Caroline brav Geld
hätte, ihre heiße Zärtlichkeit würde auf einmal
so frostig, wie die Eisgebürge, werden.

Stubenkolm.

Ja, Herr, wenn ich so dächte, wie sie.

Hannenfeld.

Ey zum Teufel! sie können nicht anders denken, und denken nicht anders, ich will meinen
Hals verwetten.

Eisenstamm.

Meine lieben Freunde, thut mir den Gefallen, und laßt mich allein.

Hannenfeld.

Herzlich gern, mein lieber Eisenstamm, ich
muß so sehen, wie sich deine liebe Frau und die
holde Fräulein befinden.   Ohne alle Schmeicheley, Eisenstamm, deine stolze Gebietherin hat
Reize, mein Seele, die den frostigsten Hage-
stolz in einen feurigen Adonis verwandeln könnten.
Gehen sie, Stubenkolm, ihre Göttin wird
schmachten, und du schmachtest nach ihrem Gelde
noch weit sehnlicher, oder sage, Freund meiner
Seele, der Baron Hannenfeld ist der größte
Bärenhäuter in Europa.

Stubenkolm.

Zum Besten der menschlichen Gesellschaft
wünschte ich, daß sie nichts weiters wären.
Gehen sie, wohin sie wollen, und lassen sie uns
in Ruhe.

Han=

Hannenfeld.

Das war ein Wort zu ſeiner Zeit, ihr ſeyd
ſo nicht allein, die Göttin Langweile iſt euere
treue Präſidentin, dafür ſeyd ihr witzige Köpfe.

Zweyter Auftritt.

Eiſenſtamm und Stubenkolm.

Stubenkolm.

Mein lieber Eiſenſtamm, ich kann mich in
ihr Betragen ſchlechterdings nicht finden. Sie
haben Verſtand, ſie ſind nicht lüderlich — —
ein Hannenfeld iſt ihr Geſellſchafter.

Eiſenſtamm.

Wir ſind mit einander aufgewachſen; ich
verabſcheue ſeine Ausſchweifungen, aber ich habe
nicht gerade zu mit ihm brechen wollen. Doch
laſſen ſie den Hannenfeld. Leichtſinn, Wolluſt,
Vermögen, ein feuriger unruhiger Geiſt reizen
ihn zu tauſend Abwechslungen und reiſſen ihn
dahin. Sein Herz iſt nicht boshaftig, er wird
noch zurück kommen — —

Stubenkolm.

Wer? Hannenfeld? ein Mann, der die lie-
benswürdigſte Gemahlin beſitzet, der ſie der dü-
ſtern Einſamkeit, dem Grame überläßt, und
auf ieden Winkel der Stadt eine Buhlerin unterhält, damit er nur nicht in Gefahr iſt, dem
                                          Staate

Staate mehr rechtmäßige Kinder zu geben? Er ist ein Bösewicht — ein — —

Eisenstamm.

Mein Gott, in welche Wuth können sie doch gleich gerathen. O Freund, lassen sie mich ihnen mein verwundetes Herz ganz entdecken; rathen sie einem Manne, den der Schmerz ins Grab bringt.

Stubenkolm.

Kann ich etwas zu ihrer Ruhe beytragen, wenn es mein Leben kostet —

Eisenstamm.

Sie kennen die Geschichte meiner Vermählung. Meine Frau war mir gleichgültig, ihr Vermögen, der Rath meiner Freunde brachten mich zu dem Entschluße, ihr meine Hand zu geben; ihr Vater befahl, und forderte Gehorsam, sie that es mit dem größten Sträuben, sie schwur mir ewigen Haß, ewige Verachtung, wenn ich auf meinem Gesuche bestünde. In diesen Augenblicken bekam sie Reize für mich; eine närrische Eifersucht bemächtigte sich meiner Vernunft. Ich hoffte, wenn wir verheyrathet wären, es würde sich alles ausgleichen; ich beschleunigte dieses fatale Band, und von diesem Augenblicke an ward ich der Unglücklichste aller Ehemänner.

Stubenkolm.

Sie haben einen großen Fehler begangen, sich ein Herz zuzueignen, das für einen andern brannte.

brannte. Kannten ſie denn die lieben Weiber
nicht ſo weit, daß ſie ſich vor ihrer Rache mehr
gefürchtet hätten? Das Verlangen nach Rache
bringt eine Frau wieder aus dem Grabe zurück.

Eiſenſtamm.

Durfte ich nicht hoffen, daß ich ihren Haß,
ihren Widerwillen bald überwinden würde?
Meine Eigenliebe machte mir das Ding unfehl-
bar. Du biſt jung, du biſt wohlgewachſen,
du haſt Verſtand und Lebensart, ſo viel
man für die ſchöne Welt fordern kann; du haſt
natürliche Beredtſamkeit, ſollteſt du denn mit
ſolchen Eigenſchaften nicht über den Eigenſinn
eines weiblichen Geſchöpfes ſiegen können, deßen
Gehirn ſich doch allemal durch Schmeicheleyen
wird umdrehen laſſen?

Stubenkolm.

Aber nicht durch Schmeicheleyen eines Mannes, den zu haſſen ſie Urſache zu haben glaubt.

Eiſenſtamm.

Meine Eiferſucht wird durch den unglücklichen Langenthal bis zur Wuth gebracht, der ſie
vorher liebte, der ſicher ihr Herz beſaß, denn er
iſt ein Laffe, dem ſie ihr Vater verſagte, weil es
ihm an Vermögen mangelte, und weil er vielleicht mit ſeinem Gemüthe nicht zufrieden war.
Dieſer moraliſche Heuchler wird ihr Nebenbuh-
ler, mein lieber Stubenkolm, er ſchleicht ſich in
mein Haus ein. So gerecht vielleicht mein Argwohn iſt, daß ihn meine Frau noch nicht mit
gleich-

gleichgültigen Augen sieht, sie könnte mich nicht so hassen; so darf ich doch noch keinen Lerm machen, wenn ich mich nicht in den Augen unserer boßhaften und feinen Welt lächerlich machen will. Wäre mir diese Frau noch so gleichgültig, als anfangs, so würde ich meine Maasregeln ergreifen und ruhig seyn, aber so fange ich seit einiger Zeit an, sie mit einer Zärtlichkeit zu lieben, die ich mein ganzes Leben noch nicht empfunden habe. Sagen sie mir, Stubenkolm, lieben sie meine Schwägerin?

Stubenkolm.

Zweifeln sie daran?

Eisenstamm.

Sind sie bereit, ihr ihre Hand zu geben, wenn sie einwilliget?

Stubenkolm.

Den Augenblick. Sie ist gut erzogen, ich hoffe, sie hat sich durch böse Beyspiele noch nicht anstecken lassen. Was hoffen wir thörichten Liebhaber nicht alles von unsern Geliebten?

Eisenstamm.

Verlassen sie mich, und gehen sie zur Gesellschaft.

Stubenkolm.

Was wollen sie thun?

Eisenstamm.

Ich will mit ihr reden.

Stu=

Stubenkolm.

Wenn es nur zur gelegenen Zeit iſt.

Eiſenſtamm.

Dafür laſſen ſie mich ſorgen.

Stubenkolm.

Nur daß ſie ihr Gram nicht bitter und gebietheriſch macht.

Eiſenſtamm.

Gebietheriſch! weil ich noch ſo viel in meinem Hauſe zu befehlen habe.

Stubenkolm.

Beruhigen ſie ſich, es kann noch alles gut
werden. (ab)

Eiſenſtamm.

Ach! Freund, ich fürchte, die Ruhe, die
Glückſeligkeit iſt für mich auf ewig verlohren.

Dritter Auftritt.

Eiſenſtamm allein. Er läutet.

Eine ſchöne Rolle ſpieleſt du Eiſenſtamm. (bitter)
Iſt dieß die Rolle des Ehemannes? Mein Haus
voller Leute, und ich wage es nicht, iemanden zu
ſehen? Da wird der ſonſt artige und belebte Mann
zum Dummkopfe. Er traut ſich nicht die Augen
aufzuſchlagen; er ſpielt mit den Füßen, ſchluckt
Galle und Verdruß, wird verſpottet, geht voller

ter Verzweiflung weg, wirft sich auf das Bette und findet keine Ruhe.   Dieß sind die Freuden des Ehestandes, dieß verdankt er seiner Frau, die ihm am Altare schwur — — (läutet wieder) ia schwur, Schwüre der Weiber — — Nicht einmal seinen Laken kann er haben.   Wenn sie nur so viel Verstand zeigte, dieß elende Weib, daß sie ihre Verachtung vor den Bedienten verbürge — — (läutet wieder.)

Vierter Auftritt.

Eisenstamm und Andres.

Andres.

Ich habe Ihr Gnaden schon läuten gehört, aber —

Eisenstamm.

Warum kommt ihr denn nicht?

Andres.

Zweyerley Arbeit kann ich nicht thun; wenn mich die gnädige Frau braucht, so kann ich Ihr Gnaden nicht bedienen.

Eisenstamm.

Nicht, Schurke, nicht? für wen seyd ihr da, hat die Frau nicht ihre eigene Bedienung?

Andres.

Andres.

Ich bin kein Schurke, verſtehen ſich mich, gnädiger Herr? das Prädicat giebt mir die gnädige Frau niemals; aber ſie weis halt zu leben.

Eiſenſtamm.

Wenn ſie nur gegen meinen Bedienten zu leben weis.

Andres.

Hätten nur alle Leute eine ſo gute Art, wie die gnädige Frau; es wäre zu wünſchen. Unglück gnug, daß es ſo viel brutale Herren in der Welt giebt, denen ein armer Teufel dienen muß; aber man kann ſichs ja ändern, da wäre man ein rechter Narr. Ich werde die gnädige Frau bitten, daß ſie mich ſtatt ihres Bedientens nimmt, darnach haben wir nichts mehr mit einander zu ſchaffen, gnädiger Herr, und das freut mich.

Eiſenſtamm.

Kerl, zieht die Liverey aus, und verlaſſet dieſen Augenblick mein Haus.

Andres.

Ach gehn ſie, ich glaube euer Gnaden wollen einen Spaß machen.

Eiſenſtamm. (er will ihn ſchlagen.)

O du elender Schurke du, was hält mich ab, daß ich dich nicht todtprügle.

Andres.

Das ſage ich der gnädigen Frau, ſie wird es ihnen ſchon einbringen. (ab.)

B   Fünf-

Fünfter Auftritt.

Eisenstamm und Jacob.

Eisenstamm.

Das sind die Früchte von ihrem Unsinne! O Weib! muß ich elend seyn, so sollst du von diesem Augenblicke an auch leiden. Kömmt es darauf an, ein Teufel zu werden, gut, ich kann es auch, ich will sie grausamer peinlicher quälen, als sie es iemals — — ha wer kömmt.

Jacob.

Ich bins, ihr Gnaden. Warum nehmen mich ihr Gnaden nicht lieber zu sich, ich habe recht herzliches Mitleiden mit ihnen.

Eisenstamm.

Der Lakey Mitleiden mit mir! (bitter) o vortreflich.

Jacob.

Nein es ist wahr, es ist zwar mein Camerad der Andres, und über Cameraden lasse ich nicht gerne etwas kommen, ich weis schon, daß ich mich bis aufs Blut deswegen geraufet habe, aber der Andres ist so ein Schlingel, so ein Flegel — —

Eisenstamm.

Jacob, ruft mir Fräulein Caroline her.

Jacob.

Gleich, ihr Gnaden, aber was zu arg ist, ist zu arg, ich habe oft schon meine Gedanken so bey
Tische

Tische über die Gesichter gehabt; hi, das sind

Tische über die Gesichter gehabt; hi, das sind
Gesichter, wie man das Wild schreckt. Wie
wollte ich dich — wenn du mein wärest; wie
wollte ich dich —

Eisenstamm.

Wollt ihr gehen oder nicht, Jacob?

Jacob.

Herzlich gern, gnädiger Herr, befehlen sie
allemal mit mir, ich will es gern thun. Sie
dauern mich, sie sind ein guter rechtschaffener
Herr. Die Gesichter ja, die könnte ich leiden,
wie die Katze, wenn es donnert, aber mit andern kann man freundlich seyn. Wie wollte ich
dich — wie wollte ich dich — (ab).

Sechster Auftritt.

Eisenstamm, die Frau von Eisenstamm und Langenthal.

Langenthal.

Nein, gnädige Frau, alles hat sein Maas.
Vergeben sie mir, daß ich unmöglich die Parthey
des Laken nehmen kann. Mein liebster Eisenstamm,
sie sind wieder allein. Einsamkeit ist eine ge-
fährliche Gesellschafterin, das ist ein Weib, das
tausend Mißgeburten ausbrütet; sie nähret heftige Leidenschaften, treibt sie zur Riesengröße,
streuet Gram und Verdruß aus, sie hat alle Uebel,
und vergeben sie mir, alle Grillen auf die Welt
verbreitet.

Fr. v. Eisenstamm.

Ich dachte sie wären nicht wohl; ich sehe aber, daß sie sich, dem Himmel sey Dank! recht gut befinden; diese Wuth gegen einen armen Lakey ließ mich eine Krankheit an einem Theile des Leibes vermuthen, die immer schwer zu curiren ist. Kommen sie, Langenthal, zur Gesellschaft zurück.

Eisenstamm.

Darf ich nicht fragen, Madam, warum sie eigentlich ihre Gesellschaft verlassen haben?

Fr. v. Eisenstamm.

Aus lauter Kinderey. Ich dachte es wäre schon Mord und Todschlag im Hause. Der arme Kerl klagt seinen Kopf; die Köpfe der Männer sind leicht verletzet, wir haben einen sehr heissen Heumond. Kommen sie zur Gesellschaft, Herr von Eisenstamm; der Tag ist heute so schwül, schon ein paarmal hat uns die Lust angewandelt, Grillen zu fangen. O ihre Gesellschaft wäre allerliebst darzu. Gehn sie, Langenthal.

Langenthal.

Ich bin zu ihrem Befehle, gnädige Frau! Aber nicht ohne die Gesellschaft des Herrn von Eisenstamm. Ich hoffe, ich darf mich seiner Freundschaft rühmen, er weiß, wie hoch ich dieses beste Geschenke des Himmels schätze.

Eisenstamm.

Kann ich ein Wort mit ihnen allein reden, Madam?

Fr.

Fr. v. Eiſenſtamm.

Ein Wort alleine? Von Grund der Seele
gerne; ich liebe die Tête à tête. Wie viel Uhr
iſt es denn? legen ſie ihre Uhr auf den Tiſch,
Herr Gemahl, zehen Minuten bin ich zu ihrem
Befehle; Langenthal, ſagen ſie der Frau von
Hornheim, daß ich den Augenblick bey ihr ſeyn
werde, der Herr von Eiſenſtamm würdigte mich
einer Unterhaltung.

Langenthal.

Mein lieber Eiſenſtamm, ſie müſſen von
meiner Freundſchaft überzeugt ſeyn. Ich bin
der Mann nicht, der prächtige Moraln predigt,
ich handle, der rechtſchaffne Mann zeigt ſich
durch Handlungen, und nicht durch moraliſches
Geſchwätze.

Eiſenſtamm. (bitter.)

Ja, Langenthal, nicht durch moraliſches Geſchwätze! recht, nicht durch moraliſches Geſchwätze.

Siebender Auftritt.

Eiſenſtamm. Frau von Eiſenſtamm.

Fr. v. Eiſenſtamm.

O legen ſie ihre Uhr auf den Tiſch, oder
ich hole die meinige. Es muß ſchon eine Mi-
nute vorbey ſeyn. Wie gefällt ihnen dieſer Zeug,
er ſcheint mir voller Geſchmack.

B 3   Eiſen=

Eisenstamm.

Glauben sie denn, Madam, daß ihnen so schaler Witz gut steht? Ich kann die Comödiantinnen nicht leiden, wenn sie nicht ihr Brod damit verdienen müßen.

Fr. v. Eisenstamm.

Gott verzeihe mirs, ich glaube der Witz bemächtigt sich auch ihres Verstandes. Justine, bringt mir meine Uhr her! die Stockuhr ist nicht aufgezogen.

Eisenstamm.

Wollen sie mich anhören oder nicht?

Fr. v. Eisenstamm.

Reden sie nur, lieber Herr von Eisenstamm, reden sie, sie wissen nicht, was sie für eine gefällige Frau haben.

Eisenstamm.

(Ich will und muß zur Güte übergehen! das reizende boshafte Weib.)

Fr. v. Eisenstamm.

Ich höre noch nichts, Herr von Eisenstamm.

Eisenstamm.

Den Augenblick, Frau von Eisenstamm. (Werde ich nicht einmal so viel Kraft bekommen, den Verdruß hinunter zu schlucken) — Madam, so wie ich glaube, sind wir vermählt.

Fr. v. Eisenstamm.

Warten sie, das Ding ist schon so lang, wie im Traume, Gott vergebe mir meine Sünde, de, wenn ich mich lang hin und her besinne, ich glaube wirklich), wir knieten einmal in der Kirche recht nahe an einander. Was wollen sie damit sagen, Herr von Eisenstamm? Ich erinnere mich so ungerne an unangenehme Dinge! — —

Eisenstamm.

Meine liebe Clarisse, sehen sie mich zu ihren Füssen, ich liebe sie, ich liebe sie brünstig, sie verdienen Liebe! Wir sind vermählt, lassen sie uns glücklich seyn. Wollen wir das Mährchen einer spottenden Stadt werden, da uns der Ehestand alle Freuden anbietet, die allein unsere Zufriedenheit befördern, unsere Tage voll Wonne machen können?

Fr. v. Eisenstamm.

Das war prächtig, das war pathetisch, der Henker, schön, aber stehen sie auf, Männer müßen nicht knien, wir sind Deutsche, welcher deutsche Kavalier hat jemals vor einem Weibe gekniet?

Eisenstamm.   (steht auf.)

Beste, liebste Clarisse — —

Fr. v. Eisenstamm.

Gar vertraulich. O der Himmel behüte mich. Nu ja, ihre beste Clarisse. Jemini, wie viel Uhr ist es denn schon?

Eisenstamm.

Ihr ganzer Spott soll mich nicht aufbringen, ich habe mir vorgenommen, ich will mit meiner

. B 4   Ge-

Gemahlin leben, ich will ihre Liebe gewinnen, ich will ihren Haß bekämpfen; theuerste, beste Frau, das Schicksal hat uns vereinet, die Kirche hat unsere Vereinigung unzertrennlich gemacht; vergeßen sie das Vergangene, das menschliche Leben ist so kurz. O kennten sie den ganzen Umfang meiner Zärtlichkeit, verlangen sie Opfer, keines auf dem Erdboden ist, das ich ihnen nicht bringen will.

Fr. v. Eisenstamm.

Wie das Parlament in Rouen. Sagen sie mir doch, wie werden denn die Parlamentsstreitigkeiten endlich noch ausgehen? die ganze Welt spricht und liest davon.

Eisenstamm.

Unbegreiflich. Wie können sie doch — — nur einen einzigen Blick in den Zustand, in die Lage meiner Seele — —

Fr. v. Eisenstamm.

Die Lage der Seele, Geographie gar, Seelengeographie, sind sie so ein starker Erdbeschreiber; ich muß sie schon um den Büsching aus ihrer Bibliothek bitten. Ich möchte so gerne die Krimm kennen lernen. Die ganze Stadt spricht von der Krimm.

Eisenstamm.

Madam, wäre ihr Herz der geringsten Empfindung fähig. Ich sehe, man muß von ihrem Geschlechte nicht mehr fordern, als es leisten kann.

Fr.

Fr. v. Eisenstamm.

Himmel! bald hätte ich die Uhr vergessen, 5 Minuten müssen wieder vorbey seyn. Die Zeit wird einem so kurz, unter der Hand verschwindet sie. Das ist doch eine ausgemachte Sache, die Augenblicke, die man mit seinem theuren Ehegemahle zubringt, rauschen so schnell vorbey. Die Weiber sind rechte Närrinnen, sie suchen Unterhaltung außer ihren Häusern, und könnten sie so schön, so allerliebst bey ihren Ehemännern finden.

Eisenstamm.

Sie reden wie — —

Fr. v. Eisenstamm.

O Zorn, gar Zorn, wie das Interesse steigt.

Eisenstamm.

Ja, Madam, wäre ich ein Thor, ein Heuchler, ein Geck, sie würden mich lieben, aber so —

Fr. v. Eisenstamm.

Bravo, Eifersucht. Immer besser. Die Handlung schreitet mit Riesenfüssen fort. Da könnten die Theaterpoeten etwas lernen, da würden wir nicht so oft gähnen.

Eisenstamm.

Sie wollen mich zur Verzweiflung treiben. Elendes Weib, sie sind meiner nicht werth.

Fr. v. Eisenstamm.

Verzweiflung, so das war das höchste des Affects. Immer besser, immer tragischer. Jetzt zieht der Held den Dotch, ersticht sich: die Farze

B 5

ist

ist gespielt, der Vorhang fällt zu. Mein Schatz,
ewig Schade wäre es, die herrlichen Sachen sollten sie in Reime bringen; sie können ja Verse
machen, nur ein paar, ich höre die poetische Sprache gar zu gerne. In Versen muß sich das Ding
göttlich ausnehmen. Gelobteste Zahr, ich habe
heut vermeynet — — Held, sey du Orosmann,
ich will Xantippe seyn. So in dem Tone!

Eisenstamm.

Weib, geh mir aus den Augen!

Fr. v. Eisenstamm.

O da wäre ein schlechter Reim drauf. Himmel, ich glaube, es ist schon vier Jahr — — O al-
lerliebstes Herzensmännlein! was wird die Gesellschaft sagen? (sie singt) Adio Arbace, adio Idol mio.

Eisenstamm.

Unglückliche! aber ich werde Maasregeln
nehmen, die dich — verstehst du mich? — (ab)

Achter Auftritt.

Frau von Eisenstamm allein.

Ha, ha, ha, wie das Männlein gesprungen ist,
wie das Zwerglein Egwaldus vor den Riesen. Ich
hasse ihn, und werde ihn hassen, so lang noch ein
Tropfen Blut in meinen Adern wallet. Er hat mir
nichts vorzuwerffen, ich habe es ihm vor unserer
Vermählung geschworen, er entriß mich meinem
Langenthal, ich werde ihn ewig hassen.

Ende des ersten Acts.

Zwey-

Zweyter Aufzug.

Erster Auftritt.

Vorzimmer. **Anton, Andres,** mit einer Flasche Wein auf dem Tische.

Andres.

Nu, so trinke, Narr, itzt sind wir allein, itzt können wir uns schon einen guten Tag machen.

Anton.

Schau, so lieb ich den Wein habe, du kannst mirs glauben, mit einem guten Glas Wein kann man mich in die Hölle locken, so mag und will ich mit dir nicht trinken, weil du gegen den gnädigen Herrn so ein Grobian bist.

Andres. (trinkt)

So laß es bleiben.

Anton.

Nein, was zu viel ist, ist zu viel. Du weißt, daß ich mich für die Kameradschaft aufhenken lasse, ich halte auf Ehre, in dem Punkt bin ich kützlich, da lasse ich mir nicht auf der Nase herum trommeln, ich werde gewiß die Ehre unsers Standes verfechten, aber so gut auch der Wein seyn mag — —

Andres. (trinkt)

Du, es hört sich recht gut zu, rede nur fort, du mußt lauter Wasser trinken, damit du immer gescheider wirst.

Anton.

Anton.

Sage mir nur, warum begegneſt du dem
gnädigen Herrn ſo grob?

Andres.

Weil er in die Hünerſteige hüpft, und das
ſoll kein Mann thun, oder er verliert auch den Re-
ſpect von ſeinen Bedienten. Ich halte mich zur
ſtärkſten Parthey, die gnädige Frau iſt Herr im
Hauſe, was geht mich der Herr an. (trinkt)
Deine Geſundheit, Anton.

Anton.

Sauf du meinetwegen 100 Jahre; aber biſt
du nicht ſein Bedienter?

Andres.

Geh, du Narr, du, da bin ich was Rechts.
Ein Bedienter, ſchlimm genug, daß ich nichts
beſſers bin, aber — —

Anton.

So komme mir nicht. Das iſt ein reſpe-
ctabler Stand. In der Livree ſtecken Leute, da
wurden vor Zeiten Räthe und Secretärs daraus,
und wie nun die Zeiten freylich immer ſchlimmer
werden, heutigs Tages noch Mauteinnehmer,
glaubſt du, daß das was kleines iſt?

Andres.

Das iſt wahr, das iſt ein Wein, ſo milde,
wie ein Stubenmädel von 16 Jahren.

Anton.

Anton.

Da wäre ich wohl ein rechter Narr, wenn ich dürſtete.   Du ſtiehlſt ihn ſo dem gnädigen Herrn! (reißt ihm die Flaſche weg) trinken will ich, aber mit dir nicht, ich kann für mich ſelbſt trinken.

Andres. (will ihm den Wein wegreißen)

Schaut den klugen Kopf! itzt käme ihm der Guſto auf einmal an.

Anton.

Laß mich trinken, oder es wird bey meiner Ehre nicht gut.   Da flegelte ſich der Lümmel hin, foppte mich, ſoff eine Flaſche nach der andern aus, und ließ mich vor Durſt ſterben.   Du haſt ſo wieder heut dein Meiſterſtück bey dem gnädigen Herrn gemacht, er wird mich aufnehmen, darnach kriege ich den Keller über mich.   Schau, nicht ein blutiges Tröpfel ſollſt du erwiſchen, oder ich will verkrummen.   Meinetwegen Kamerad hin, Kamerad her.

Zweyter Auftritt.

Die vorigen und der Baron Hañenfeld.

Hannenfeld.

Wohl bekomms, ihr Herren, iſt der Wein gut?

Andres.

Das iſt ſo unſere Gewohnheit, Ihr Gnaden, wenn die Herrſchaft nicht zu Hauſe iſt, ſo trinken wir eins.

Han:

Hannenfeld.

Ist euer Herr also noch nicht zu Hause?

Anton.

Nein, Ihr Gnaden, er ist selten zu Hause, wenn er in keinem guten Humor ist.

Hannenfeld.

Ihr Bärenhäuter ihr, warum ladet ihr denn euere Jungfer nicht zu euerem Schmause ein?

Anton.

Ihr Gnaden, sie ließt gar gern gescheide Bücher, das ist ihr lieber, als Essen und Trinken, das ist gar ein gelehrtes Frauenzimmer.

Andres.

Ja, daneben säuft sie Caffee und Chokolade, als wenn sie eine gnädige Frau wäre.

Hannenfeld.

Wenn euer Herr nach Hause kömmt, so sagt ihm, er soll mich erwarten, ich müßte mit ihm reden.

Dritter Auftritt.

Andres und Anton.

Andres.

Du, gieb die Flasche her, in Guten, oder ich will dir deinen dreyeckigten Kopf zu recht setzen.

Anton.

Anton.

Schaut, wer ſich ſchrecken ließe, du Groß-
ſprecher du, glaubſt denn du, daß ich mich vor
dir fürchte? Ja, ich müßte dich nicht kennen.
Dein großes Maul, weiter iſts nichts. Wenn
du denkſt, daß ein Kamerad kein Herz hat, ſo
ſchierſt du ihn; wird er bös, ſo giebſt du nach,
oder laufſt davon. Die Ohrfeigen ſind nicht zu
zählen, die du ſchon in deinem Leben erwiſcht haſt,
pfui Teufel, ich möchte dir nicht einmal eine geben, mit dir könnte ich mich gar nicht ſchlagen,
du biſt nicht meines gleichen.

Andres.

Ja freylich bin ich kein ſolcher Eſel wie du.

Anton.

Was heißt du mich?

Andres.

Einen Eſel, Bruder Antoni, ich ſage gerne
die Wahrheit.

Anton.

Und ich ſchreibe ſie gerne auf den Buckel.
Komme her, du großmäuligter Kerl, komm
her, wenn du Herz haſt. (er ſtreift ſich auf.)

Andres.

Schau, ich möchte mich gar nicht mit dir abge-
ben. Man muß Kameraden, und beſonders in
einem Hauſe, wo wir mit einander dienen müſſen, kein Leid zufügen.

Anton.

Anton.

Du, Hasenfuß, spare nur diese Sorgfalt,
ich werde mich schon wehren, wenn mir das Wasser ins Maul läuft.

Andres.

Geh, Narr, wer wird denn da Händel im
Hause haben.   Ich habe noch eine Flasche Wein.

Anton.

Aber, du schlechter Mensch du, warum schierst
du, wenn du keine Courage hast.   Daß doch
die Leute am liebsten scheren, die ihren Spaß nicht
ausführen können.   Denkst du denn, mein Buckel kützelt mich nicht mehr, da ich letztlich so ein
Ochs war, ich darf mich schon so heißen, aber
dem biete ich Trutz, der mir das nämliche Prädicat giebt, außer meinem Herrn und meiner Frau,
denn das ist bey vornehmen Leuten so gebräuchlich.
Ha! ich war der Ochs, die verteufelte Ehre unserer Kameradschaft verführte mich, wie der Blitz
hatte dich der Teufel zum Loche draußen, und auf
mich bläuten sie los, daß ich mit allen meinen
Schlägen, die ich ausgab, doch endlich Gesicht,
Buckel, Hände und Füsse braun und blau hatte.
Sie hätten mich todtgeschlagen, wenn ich nicht
dem Kellner bey den 7 Häuseln einen Siebner in
die Hand gedruckt hätte.

Andres.

Geh, närrischer Mensch; du hattest ja damals
den Schnupfen, wie hast du denn die Prügel füh-
len können.   Von geschehenen Dingen muß man
nichts als Gutes reden.

Anton.

Anton.

So wäre es recht, wenn ſchlechte Leute ſchlecht
ſind, ſo ſoll man Gutes von ihnen reden. Weil
du ein zaghafter furchtſamer Haas biſt, ſo ſoll ich
ſagen, du haſt Herz. Wenn mir der Buckel
noch wehe thut, ſo ſoll ich ſagen, ich habe keine
Schläge gekriegt.

Andres.

Geh, ich geb dir noch ein paar Flaſchen Wein.
Mache dem Spaß ein Ende.

Anton.

Denkſt du, daß ich mich ſo damit abfertigen
laße? Ein Glas Wein iſt mir ſo lieb, als mein
Leben, aber ſo nicht, kömmt nur der Keller unter
meine Contribution, darnach — —

Andres.

O ſorg dich nicht, ſo lang ich meine geraden
Glieder habe — —

Anton.

Was willſt du wetten?

Andres.

Du haſt vielleicht Intriquen gemacht.

Anton.

Ich bin kein feiger Bärnhäuter, kein ſchlech-
ter Menſch, die legen ſich nur auf Intriquen
Schau, ich habe das Ding auch aus der Erfah-
rung geſehen; alle furchtſame Haſen wollen die
größten Helden ſeyn, nur da beeifern ſie ſich er-
ſchrecklich, wo keine Gefahr iſt; Alle Narren

C   prah-

prahlen mit Vernunft, alle Esel wollen Doctor werden, alle liederlichen Weibsbilder wollen ehrlich seyn.

Andres.

Nu, nu, es ist schon gnug.   Was willst du noch haben?

Anton.

Das Ding muß nach der Capitulation gehen. Wenn du meine Artickel nicht annimmst, so sind wir geschiedene Leute.

Andres.

Nu so rede nur. (ich kann es ihm ja versprechen, Ausflüchte kann man immer finden.)   Ich will dir alles accordiren, wann es der Ehre der Kameradschaft nicht zuwider ist.

Anton.

Erstens verlange ich alle Tage zwey Flaschen Wein, die dich nichts kosten, dann du kannst besser stehlen, als ich, so lange ich nicht selbst eigenmächtiger Herr vom Keller bin.

Andres.

Accordirt.   Die ausländer Weine ausgenommen.

Anton.

Accordirt.   Ich bin ein Oesterreicher, ich will beym Oesterreicher Wein leben und sterben. Zweytens: Wenn ich die Teller von der Tafel wegnehme, es mag übrig geblieben seyn, was es will, daß du mit deinen Braßen nicht hinein fährst, und mir es wegfrißt.

Andres.

Andres.

Accordirt. Die Lungenbraten ausgenommen.

Anton.

Die eſſe ich ſo nicht gerne. Accordirt. Drit-
tens: daß du nicht immer bey der Jungfer den
Verliebten machſt.

Andres.

Accordirt, denn das habe ich bisher blos aus
Intereſſe gethan. Der Teufel möchte ſo ein Mädel heurathen, die Mänteln tragen will, gerne
Caffee und Chocolate ſäuft, ausländer Weine
ſchluckt, nichts arbeiten will, und die Gelehrte ſpielt.

Anton.

Dafür laſſe mich ſorgen. Viertens: daß
du keinen groben Lümmel mehr gegen den gnädigen Herrn machſt. Wenn er in der Hünerſteige
ſitzt, das geht uns alle beyde nichts an, aber wie
wollte ich ſie karbatſchen, wenn ſie mein Weib wäre.

Andres.

Accordirt und nicht accordirt, denn — —
aber wer ſollte denn? — — die Capitulation
geräth ins Stecken.

Vierter Auftritt.

Die Vorigen. Juſtine mit einem
Buche in der Hand.

Juſtine.

So, ihr feinen Herren, wenn die Herrſchaft
nicht zu Hauſe iſt, ſo ſetzen ſich die materiellen Thie-
re her, und ſaufen.

Andres.

Andres.

Was sollen wir denn thun? Ist das nicht immer klüger, als sich den Kopf mit Büchern zu zerbrechen.

Justine.

O das weiß ich schon, aus Weisheit wird er nicht zum Narren. Anton, geh er, sage er dem Stubenmensch, sie soll mir meine Chocolate richten.

Anton.

Ja, Jungfer Justine, mit tausend Freuden.

Fünfter Auftritt.

Andres und Justine.

Andres.

Nu, nu, es ist doch eine schöne Sache ums gelehrt seyn, itzt kommt das Lesen schon an die Jungfern, bald werden wir auch lauter gelehrte Küchenmenscher kriegen.

Justine.

Höre er, er impertinenter Mensch, was unterstehr er sich — —

Andres.

Nu, seyn sie nur nicht böß, es ist ein Spaß, den der Wein macht.

Justine.

Sein Wein muß ein rechter Flegel seyn.

An=

Andres.

Es ist des gnädigen Herrn seiner. Sie haben mich gleichwohl gern, gestehen sie mir es nur.

Justine.

Unverschämt, wie der Pollexfen, in Sir Carl Grandison. Wo wird die Welt noch hinkommen? wer glaubt denn er, daß ich bin?

Andres.

Itzt eine Kammerjungfer, vorher ein Stubenmädel, und vor dem Stubenmädel eine Beyläuferin.

Justine.

O der impertinente Kerl! Ha, da kommt ja der Anton.

Sechster Auftritt.

Die Vorigen. Anton.

Justine.

Ich glaube beym Zevs und Jupiter, er bringt sie selbst.

Anton.

Ja, Jungfer Justine, was ihnen nur Vergnügen macht, mich freuts, wann ich was dazu beytragen kann.

Justine.

Ich danke ihm, mein lieber Anton.

C 3　　　　　　　An=

Anton.

Meiner Treu, sie sind so ein gelehrtes Frauenzimmer, sie reden einem das Herz aus der Seele heraus, wenn ich nur ein wenig so angeschrieben wäre.

Justine.

O verschone er meine Ohren mit einer solchen impertinence.

Anton.

Ich habe aber doch viele Comödien gesehen, wo am Ende der Bediente allemal die Jungfer kriegt.

Justine.

Deswegen kann ich die Comödien nicht leiden. In unserm Hause ist das gerade umgekehrt, denn da wären sie mir alle so insupportable.

Andres.

Wünsch wohl zu bekommen, Herr Anton.

Siebender Auftritt.

Caroline. Justine.

Caroline.

Ha, ha, die junge Herrschaft macht sich lustig.
(die Bedienten laufen davon.)

Justine.

Perdono, ich habe da — —

Caroline.

Trinke sie nur die Chocolate in ihrem Zimmer, sie gelehrtes Frauenzimmer.

Ach=

Achter Auftritt.

Stubenkolm.   Caroline.

Stubenkolm.

Niemals habe ich Euer Gnaden mit so vielen
Entzücken nach Hause begleitet — —

Caroline.

Warum, mein Herr?

Stubenkolm.

Diese Gesellschaft machte ihnen Langeweile,
obgleich — — —

Caroline.

Woher wissen sie das, mein Herr?

Stubenkolm.

Sie würden sie nicht so geschwind verlassen
haben.   Meine liebste Fräulein dies bringt ja
ihrem Verstande und ihrem Herzen Ehre.

Caroline.

Nach ihren Phantasien, mein Herr.

Stubenkolm.

Gewiß, liebste Fräulein, nach dem Urtheile
der ganzen vernünftigen Welt.

Caroline.

Die in ihnen concentrirt ist, mein Herr, wie
sie glauben.

Stubenkolm.

Ich weiß gewiß, daß sie anders denken, als sie
reden; denn ich könnte sie unmöglich sonst so sehr
verehren.

Ca=

Caroline.

Wie stolz, meine Herren Männer! Unsere Ehre hängt also nur von euch ab. Darnach sind wir recht unglücklich, wann ihr uns weniger ehret.

Stubenkolm.

Ganz sicher, gnädiges Fräulein.

Caroline.

Ganz sicher, so zuversichtlich. Wovon hängt denn euere Ehre ab, meine Männer?

Stubenkolm.

Nicht von dem schönen Geschlechte, von unserm eigenen Betragen.

Caroline.

O ihr mächtigen Erdgötter! Ich kenne ihre Schmeicheleyen.

Stubenkolm.

Ich bin aufrichtig, darein setze ich meinen Ruhm.

Caroline.

Man kann aufrichtig seyn, ohne unhöflich zu werden.

Stubenkolm.

Ich verabscheue die Unhöflichkeit, aber ich glaube, die Aufrichtigkeit kann sich sehr wohl mit der feinen Lebensart vertragen.

Caroline.

Das habe ich an ihnen nicht gesehen.

Stu=

Stubenkolm.

Wäre ich ein Heuchler, wie gewisse andere Leute, so würde ich auch mehr Eindruck auf das schöne Geschlecht machen.

Caroline.

Da haben wir ihn wieder, den Herrn von Stubenkolm in seiner löblichen Gemüthsart, er sagt mir Grobheiten und will höflich seyn.

Stubenkolm.

O ich bitte sie tausendmal um Vergebung, mein liebstes Fräulein. Ich will sie nicht beleidigen, aber ich kann es unmöglich übers Herz bringen, meine Denkungsart gegen ein Frauenzimmer zu verstellen, das ich unter allen Schönen der Welt am meisten verehre, und darf ich es wagen, liebe Fräulein, am zärtlichsten liebe.

Caroline.

Da sind wir wieder im alten Capitel, wie oft soll ich ihnen noch sagen, daß mein Herz dieser gefährlichen Leidenschaft nicht fähig ist.

Stubenkolm.

Der süssesten, der besten aller Leidenschaften?

Caroline.

Sie mag es für andere seyn. Mein Verstand hat mich überzeugt, daß ich schlechterdings dadurch unglücklich werde.

Stubenkolm.

Und ihr Herz?

Caroline.

Mein Herz folget meinem Verstande.

C 5

Stu=

Stubenkolm.

Früh oder spät, dieß ist das nothwendige Los.

Caroline.

Der Fall wird noch lange nicht kommen.

Stubenkolm.

Vielleicht ist er schon da zu meiner Verzweiflung.

Caroline.

Wollen sie ein Examen mit mir anstellen?

Stubenkolm.

Nein, das würde ich nicht wagen, gnädiges Fräulein.

Caroline.

So lassen sie uns ein Gespräch abbrechen, das mir ärgerlich wird.

Stubenkolm.

Vielleicht würde es diese Wirkung nicht haben, wenn nicht — —

Caroline.

Abermals eine Anspielung vermuthlich wieder auf den Langenthal.

Stubenkolm.

Dieser Name in ihrem Munde bringt mich zu einer solchen Verzweiflung.

Caroline.

Sie haben mich nach Hause begleitet, ich danke ihnen, verlassen sie mich.

Stubenkolm.

Bleiben sie, liebste Fräulein, nur noch ein einziges Wort — —

Ca=

Caroline.

Kein Wort mehr, ich habe mich erklärt. Verfolgen sie mich nicht länger, das kann und darf ich fordern. Ich will meine Freudigkeit nicht verlieren. Wüßte ich, Herz, daß du jemals der Liebe zu einem Manne aufgeschloßen würdest, ach ich wollte mein Daseyn verwünschen.

Neunter Auftritt.

Die Vorigen und Eisenstamm.

Eisenstamm.

Wo wollen sie hin, Schwester?

Caroline.

In mein Zimmer, Herr Bruder.

Eisenstamm.

Bleiben sie. Sie sind in einer schrecklichen Zerstöhrung, Stubenkolm.

Stubenkolm.

Dank sey es dem Fräulein Caroline.

Eisenstamm.

Ich bedaure sie, sie kriegen mein Fieber! Ist meine Frau zu Hause?

Stubenkolm.

Sie ist noch in Gesellschaft.

Eisenstamm.

Sie sey es, meinetwegen ewig, mit ihnen will ich ein Wort reden, Caroline.

Ca₃

Caroline.

Befehlen sie.

Stubenkolm.

Bedenken sie, gnädiges Fräulein, daß ich sie aus Uebermaaß der Zärtlichkeit beleidiget habe, wenn sie glauben, es wäre Beleidigung, was doch — —

Caroline.

Ich empfehle mich ihnen, Herr von Stubenkolm.

Stubenkolm.

Leben sie wohl, mein liebster Eisenstamm. Möchten sie glücklicher seyn, als ich; ein einziger Mensch in der Welt ist unsere Geisel, und dieser Mensch ist ein — Nichtswürdiger.

Zehender Auftritt.

Eisenstamm und Caroline.

Eisenstamm.

Mein Gott! was sind das für Zerrüttungen. Caroline, ich habe viel Vertrauen zu ihren guten Herzen; billigen sie das Betragen ihrer Schwester gegen mich?

Caroline.

Nein, Herr Bruder, ich glaube, ich habe ihnen unzweydeutige Beweise davon gegeben.

Eisen=

Eisenstamm.

Gut, geben sie mir noch einen, und den allerwichtigsten Beweis. Wählen sie, sie haben zwey Liebhaber. Stubenkolm oder Langenthal. Auf dieser Wahl beruhet meine künftige Glückseligkeit.

Caroline.

Das ist mir unbegreiflich. Wie? — —

Eisenstamm.

Unbegreiflich ist es ihnen, und mir noch unbegreiflicher, daß sie es nicht einsehen.

Caroline.

Ich verstehe sie nicht, Herr Bruder.

Eisenstamm.

Schwester, Schwester, lassen sie meinem Herzen diesen einzigen Trost, daß es vortheilhaft von ihrer Gemüthsart denken darf — — Sie müßen diese gute Meinung nicht vertilgen, durch eine Verstellung vertilgen, die — —

Caroline.

Gut, ich nehme den Fall an, meine Wahl fiele auf den Langenthal, könnte sie das ruhiger machen?

Eisenstamm.

Ja.

Caroline.

Ich sehe das Gegentheil.

Eisenstamm.

So kann ihre Wahl nicht auf ihn fallen.

Ca:

Caroline.

Warum?

Eisenstamm.

Eine Caroline sollte mich das gar nicht fragen. Wenn er in ihren Augen ihre Hochachtung auf einen solchen Grad verdienet, daß sie ihm ihre Hand geben, so ist Langenthal mein Freund, die Männer sehen in diesem Falle niemals so scharfsinnig, als das Frauenzimmer.

Caroline.

Andere Mädchen können dieses Talent haben, mir fehlet es gänzlich.

Eisenstamm.

Meine liebste Caroline, das sind Umschweife, die ihr Herz verachten sollte. Sie sind Zeuge von meinem unaussprechlichen Gram, sie können ihn verscheuchen, aber sie wollen mich der Verzweiflung zum Raube lassen.

Caroline.

Wir verfallen in ewige Wiederholungen, ich bin empfindlich für ihren Schmerz, aber wenn ich selbst meine ganze Glückseligkeit, die Ruhe aller meiner künftigen Tage aufopferte, so sehe ich doch nicht ein, was ihnen damit geholfen wäre. Heurathe ich Langenthalen, so wird er mit unserm Hause noch inniger verbunden, und sie können einmal für allemal seinen Charakter nicht vertragen. Ihr Argwohn würde neue Nahrung bekommen. Gebe ich dem Stubenkolm meine Hand, so werden sie Langenthalen ihr Haus verbie-

biethen, sie werden sich lächerlich machen, sie
werden meine Schwester mehr aufbringen, da
sehe ich einen Abgrund von Gram und tausend
bösen Folgen für sie, in die sie nothwendig ge=
stürzet werden müssen.

Eisenstamm.

Lassen sie das meine Sorge seyn, ich werde
Maasregeln ergreifen — — Wenn ich nur die=
sen Vorwand, den man mir mit Schein machen
kann, aus dem Wege geräumet sehe, dann wird
alles gut gehen.

Caroline.

Es hilft ihnen nichts, gewiß hilft es nicht,
und ich werde unglücklich seyn, ich werde um=
sonst das Glück meiner Tage in die Schanze ge=
schlagen haben.   Sie müssen andere Wege finden,
mein Vater und Bruder werden noch heute kom=
men.   Diese werden ihnen die Bahn zeigen, die
sie sicher wandeln können; ich kann mich nicht
aufopfern, noch bin ich frey, ich danke dem Him=
mel, daß ich es bin.   Meine Gemüthsart ist freu=
dig, ich will meine Pflichten erfüllen und frey
bleiben.   Die Liebe ist Thorheit.

Eisenstamm.

Wenn die Liebe aufhörte Thorheit zu seyn, so
wäre sie kein Vergnügen mehr.

Caroline.

Sie mag seyn, was sie will, ich habe sie noch
nicht empfunden, und mag sie nicht empfinden.

Eisen=

Eisenstamm.

Wer steht ihnen gut dafür? Die erste Liebe, mein Kind, verbirgt ein Mädchen vor sich und der ganzen Welt; die zweyte verheelt sie noch vor der Welt, die dritte weder vor sich, noch vor einen einzigen Menschen in der Welt mehr.

Caroline.

Sie fallen in den moralischen Ton, ihr Gram verläßt sie.

Eisenstamm.

Gerade das Gegentheil, meine Caroline, der Gram grübelt, man sucht sich Erfahrungen zu sammeln.

Eilfter Auftritt.

Die Vorigen und Hannenfeld.

Hannenfeld.

Unterthäniger Diener, gnädige Fräulein. Bruder Eisenstamm, unsere Freundschaft hat ein Ende.

Eisenstamm.

Da kündigest du mir ein erstaunliches Unglück an.

Hannenfeld.

Deine holdselige Frau Gemählin hat mir ihr Haus verboten, die Gesellschaft bey der Frau von Erdenfeld hat sie auch wider mich aufgebracht, blos weil ich dein Freund bin.

Ca=

Caroline.

Deswegen, Baron?

Hännenfeld.

Hole mich der Teufel, ich wüßte ſonſt keine
Urſache, ich bin ein guter drolligter Geſellſchafter, ich finde ſchön, was ſchön iſt, und was
auch nicht ſchön iſt, ich ſage Schmeicheleyen, ich
laſſe Unbeſonnenheiten und freye Scherze unter-
laufen; ich bewundere iede Narrheit, wenn nur
ein ſchöner Mund ſich öffnet, ich tändle, mache
bey Gelegenheit Präſente, ich begehe mit einem
Worte alle Narrheiten, die den Schönen die
Männer anziehend machen, und gleichwohl kriege
ich Geſichter, die einen Unerſchrockenern, als ich
bin, Furcht einjagen ſollten; ohne weitere Complimente ſagt man mir gerade heraus, daß ich
andere Geſellſchaft ſuchen könnte. Daran kann
in der Welt nichts Schuld ſeyn, als die Freundſchaft, die ich Narr immer noch gegen dich habe.

Eiſenſtamm.

In einer gewiſſen Betrachtung, Hännen-
feld, macht es meiner Frau Ehre, daß ſie deine
Beſuche verbittet.

Hannenfeld.

Geh, du leichtgläubiger Narr, aber ich will
mich nicht aufdringen. Tauſend andere Weibchen
nehmen mich mit offenen Armen auf, ich habe
ſie zu lange hintan geſetzet.

D   Ca-

Caroline.

Sie haben unrecht gethan, Baron, die Vor-
ftädte müffen fie nicht länger leid tragen laffen,
denn fie find ein Ehemann.

Hannenfeld.

O meine liebe Fräulein, was ich nun bin,
aber eine kleine Lection möchte ich ihnen gleichwohl mit auf den Weg geben.

Eifenftamm.

Elender Menfch, verletze die Ehrerbietung
nicht, die du einem würdigen Frauenzimmer fchul-
dig bift, die mir zugehöret.

Caroline.

Ich bitte fie, Herr Bruder, laffen fie ihn
feine Lection vorbringen, ich würde vielleicht dabey verlieren, folche Lectionen von einem Hannenfeld kann man nicht gnug ins Gedächtniß
prägen.

Hannenfeld.

O meine fpröde Fräulein, ihr Spott — —

Caroline.

Es ift nur Scherz; aber die Leute verftehen
den wenigften Scherz, die immer verfpottet werden.

Hannenfeld.

Wollen wir in Sentenzen reden, Fräulein
Caroline?

Caroline.

Wie es ihnen gefällt.

Han=

Hannenfeld.

Wo viel Verstand ist, bleibt das Herz immer kalt.

Caroline.

So müssen sie das wärmste Herz unter der Sonne haben, denn der Verstand kann es unmöglich erkälten.

Hannenfeld.

Vergeben sie mir, Fräulein, das war eine Grobheit und keine Sentenz.

Caroline.

Es thut nichts, wenn es nur Wahrheit ist. Doch ich wage zuviel, mich mit einem Manne zu messen, der ein Register über alle Einfälle der Stadt hält; und mit denselben hausiren geht. (ab)

Zwölfter Auftritt.
Eisenstamm und Hannenfeld.

Hannenfeld.

Das ist kein Witz, Fräulein, das sind Grobheiten. Also, mein lieber Eisenstamm, behüte dich der Himmel. Ich muß mit dir brechen, wenn ich noch Frauenzimmergesellschaft haben will, und die ist mir unentbehrlich. Diese Gänschen machen nun einmal die Freuden meines ganzen Lebens; aber noch einen guten Rath will ich dir geben, eh wir uns trennen.

Eisenstamm.

Sage mir, rasest du, oder was ist — —

Han=

Hannenfeld.

Es ist mein Seele mein völliger Ernst. Aber du bist bey alle dem zu beklagen, daß du dich in dein eigenes Weib verliebst, das könnte mir Jahr aus Jahr ein nicht einen einzigen Augenblick einfallen, ja in andere Mädchen, Respect, und hernach, wie du es noch anstellst, machst den Schmachtenden, den Verzweifelnden, da kömmst du bey den Weibern schön an.

Eisenstamm.

Nu, so laß doch deine Weisheit hören.

Hannenfeld.

Ein Wort. Zu guter letzt, darnach thue ich so nicht mehr, als ob ich dich kennte, ich mag dich hundertmal wo sehen, das muß dich nicht verdrüßen.

Eisenstamm.

In meinem Leben nicht. Ich verspreche dir es heilig.

Hannenfeld.

Mein lieber Eisenstamm, das erste Verlangen unserer Weiber ist, über uns zu herrschen. Das zweyte, ihre Boßheit an uns auszulassen. Es ist immer schwer, bis man ihr Herz rühret. Wenn man Gleichgültigkeit und Verachtung ihrer Reizungen affectirt, da erwischt man sie noch am ersten. Mache den unterthänigen Diener vor ihr, so wird sie dein Tyrann. Ueberrede sie, daß du sie heßlich oder abgeschmackt findest, so wird ihr die Phantasie ankommen, über dein Herz zu triumphiren, sie wird alle Mittel an-

wen-

wenden. Gieb nur auf den jungen Cedernfeld
Achtung, da kannſt du ſehen, durch was für
ein leeres Aeußerliche ſich die Weiber fangen laſ-
ſen. Der hat nicht ſo bald wie ein Hanswurſt
5 oder 6 Impertinenzen gemacht, ſo zieht er ſchon
die Aufmerkſamkeit der Damen von der ſchönen
Welt an ſich. Sie heißen ihn ein ſonderbares
Geſchöpf, ein allerliebſtes kleines Ungeheuer.
Unvermerkt verwandelt ſich das Geſpenſt in einen
Engel in ihren Augen. Sie bewundern ihn, ſie
umringen ihn, ſie reißen ſich um ihn. Er macht
Unglückliche — — —

Eiſenſtamm.

Völlig falſch. Was mußt du für Frauenzimmer kennen. Glaube mir, die Schönen ſind
nicht für Ausſchweifungen gebohren, die ſie ent-
ehren, ſie mögen noch ſo dreiſt, noch ſo unver-
ſchämt in dem Laufe ihres Lebens werden, man
ſieht immer, daß es ihnen viel koſtet. Die Tugend hat allemal tiefere Wurzeln bey dem
ſchönen Geſchlechte, als bey den Männern ge-
ſchlagen. Glaube mir, wir ſind in Vergleichung
mit den Schönen Böſewichter.

Hannenfeld.

Du haſt deine Romane noch im Kopfe. Itzt
biſt du der gefällige, der leidende Mann geweſen,
höre auf es zu ſeyn; wenn du die Aufmerkſamkeit deines Weibes auf dich ziehen willſt; ſey
ungeſtüm, auffahrend, hitzig, widerſprechend.
Sie erwarten, daß man ſie anbetet, dieß nehmen ſie als einen gewöhnlichen Weihrauch, als

　　　　　　　　　　　einen

einen Tribut an, den ihnen der erste Geck, der
sich ihnen nähert, darbringt. Gehe nicht wie
mit einer Gottheit mit ihr um. Itzt wird ihre
Eitelkeit gereizet, deine Eroberung wird wichtig
und kostbar in ihren Augen. Sie wird nun alle
Kunstgriffe anwenden, um dich zu erwischen.
Sie wird selbst kommen, und da kann man sie
in dem Netze fangen, das sie einem stellte. Mit
Ungestüm und Widerspruch kömmt man in einer
Stunde bey einem Frauenzimmer weiter, als mit
den zärtlichsten Gespräche, mit der affectvollesten
Beredsamkeit in einem ganzen Jahre. Bey
einem Weibe ist der Verstand List, und die Mun-
terkeit Bosheit. Itzt kann ich nicht länger pre-
digen, lebe wohl, und sey kein Narr mehr, du
bist ein hübscher angenehmer junger Mann, hast
Geld, und schmachtest. Die ganze Welt muß
dich ja auslachen.

Dreyzehender Auftritt.

Eisenstamm allein.

Die giftige Zunge! aber er hat nicht überall
unrecht. Wohl — — es muß anders werden — — ja auf diese Art muß es brechen.
Mein Endschluß ist gefaßt.

Drit-

Dritter Aufzug.

Erſter Auftritt.

Fräul. Caroline, Fr. von Eiſenſtamm,
Fr. von Hornheim, Juliane.

Fr. v. Eiſenſtamm.

Du darfſt ſchon gegen deine Schweſter offen-
herzig ſeyn; was befiehlt dir denn mein theuerſter
Gemahl?

Caroline.

Er befiehlt mir nicht, er räth mir, mich zu
verheurathen.

Fr. v. Eiſenſtamm.

Willſt du einen Mann von ſeiner Hand an-
nehmen?

Caroline.

Dein Gemahl iſt ein rechtſchaffener Mann.

Fr. v. Eiſenſtamm.

Man denke. Du hätteſt ihn heurathen ſollen.

Caroline.

Er hatte dich erwählet, nicht mich. Den
ältern Schweſtern gehört der Vorzug.

Fr. v. Eiſenſtamm.

Erwählet, ein ſtolzes Wort! Ich hatte ihn
nicht erwählet, Fräulein jüngere Schweſter, wenn
ſie mir erlauben wollen. So wäre er nach deinem
Geſchmack? du wäreſt zu beneiden.

D 4

Ca-

Caroline.

Er ist zu beklagen.

Fr. v. Eisenstamm.

Beklagen? immer wichtigere Ausdrücke!

Caroline.

Ich wiederhole es, er ist ein rechtschaffener
Mann, Frau Schwester!

Fr. v. Eisenstamm.

Ein rechtschaffener Mann dringt sich nicht
seiner Frau wider ihren Willen auf.

Caroline.

Das sind nicht meine Geschäfte.

Fr. v. Eisenstamm.

Wen sollst du denn nach seinem Geschmacke
heurathen?

Caroline.

Den Langenthal, oder den Stubenkolm, es
ist ihm gleichgültig, welchen ich wähle.

Fr. v. Eisenstamm.

Nu?

Caroline.

Ich habe ihm gesagt, daß ich itzt noch nicht
ans Heurathen denke.

Juliane.

Das haben sie gesagt? Ey wie geschwind
wollte ich zugefahren seyn. Meine Mama hat
drey Männer gehabt, ich getraute mich sechse zu
heurathen.

Fr.

Fr. v. Hornheim.

Ich habe mir es eingebildet, du wirst wieder mit etwas herausplumpen.   Wahrheit ists, aber das müssen sich die Frauenzimmer denken, niemals sagen.   Du bist noch so ungehobelt, wie ein Stock; man muß Reizungen zu entwickeln wissen, um allen Männern zu gefallen.   Du hast ja das Beyspiel an mir, du albernes Ding!

Juliane.

Gnädige Mama, ich will nicht mehr sagen, was ich denke.

Fr. v. Eisenstamm.

Was sagtest du vorhin, Caroline? gleichgültig ist es ihm, welchen du wählest?

Caroline.

Ja, das sagte ich.

Fr. v. Eisenstamm.

Und wenn du einmal ans Heurathen denkst, welcher Mann wird denn der glückliche Sterbliche — zwar darinne sind die Jungfern sehr geheimnißvoll.

Caroline.

Vielleicht würde der auch Reizungen für mich haben, der meine ältere Schwester einmal so bezaubert hatte.

Fr. v. Eisenstamm.   (gezwungen)

So muß ich ihm Glück wünschen, so bald er herkommt.

Caroline.

Wie du es für gut befindest.

D 5   Fr.

Fr. v. Eisenstamm.

Das war doch ein Wort zu seiner Zeit. Aber daß du mir nicht etwann die Comödiantin machst.

Caroline.

Ich glaube, der Himmel verzeihe mirs, wir lieben Frauenzimmer sind es alle.

Juliane.

Ich bitte mir es aus, ich bin keine Comödiantin

Caroline.

Wollen sie lieber eine Operistin seyn, mir gilt es gleich.

Fr. v. Eisenstamm.

Meine liebe Fräulein Braut vom Herrn von Langenthal, möchten sie mich nicht ein wenig allein mit der Frau von Hornheim lassen?

Caroline.

Wie sie befehlen, gnädige Frau.

Juliane.

Darf ich nicht da bleiben, Mama? sie reden gewiß von Mannspersonen, und da höre ich gar gerne zu.

Fr. v. Hornheim.

Du dummes Ding du, ich werde mich über dich zu tod ärgern, gar kein Verstand, gar keine schöne Welt; ich muß mich an einer Wendin versehen haben.

Juliane.

Seyn sie nicht bös, Mama, ich glaube nun einmal, wir sind der Männer wegen auf der Welt, und ich verlange nichts bessers.

Zwey=

Zweyter Auftritt.

Fr. v. Eiſenſtamm. Fr. v. Hornheim.

Fr. v. Eiſenſtamm.

Sehen ſie nur, meine Freundin, was ſich das jüngere ledige Ding, meine Fräulein Schwe-ſter, für ein Anſehen über mich giebt.

Fr. v. Hornheim.

Sie, muntere belebte Frau, wie können ſie ſich über ſo elende Sachen ärgern?

Fr. v. Eiſenſtamm.

Es iſt nicht Aergerniß, aber ich bin oft ſo gril-lenhaft — — der einzige Mann, dem ich mein Herz geben konnte, iſt für mich verlohren. Mein Vater — — Ach warum haben wir doch nicht die Geſetze wie die Engelländer, daß kein Mann ein Weib wider ihren Willen heurathen darf.

Fr. v. Hornheim.

Sie nehmen das Unglück viel zu hoch, daß ſie einen Mann haben, den ſie nicht lei-den können, ich habe ihrer drey gehabt, ich nähme ihrer noch ſechſe, wenn ſie der liebe Himmel lieber hat; ich habe von meinen drey Eheherren keinen leiden können, wenig-ſtens waren ſie mir höchſtgleichgültig, ich habe dem ungeachtet vergnügt gelebt. Ich habe die Liebe geliebt, niemals den Liebhaber.

Fr. v. Eiſenſtamm.

Wie iſt das möglich?

Fr.

Fr. v. Hornheim.

Gar leicht, mein Schatz. Mein Augen=
merk war bey meinen Verheurathungen Vermö=
gen, Freyheit und Bequemlichkeit. Dies setzte
mich in den Stand, gute Gesellschaft in meinem
Hause zu unterhalten und alle Ergötzlichkeiten zu
genießen, die die Jahreszeit darbot. Alle junge
Männer, die ich sah, waren liebenswürdiger,
als mein Gemahl; ich gestehe es ihnen gern, es
war unwiderstehbarer Reiz für mich, wenn ich
es diesen jungen Herren so nahe legen konnte, daß
sie sich andern Gesellschaften entzogen, und um
mich mit tausend Grimassen herumwackelten.
Mein Stolz war, Leidenschaft, nicht einem ein=
flößen, sondern allen, jeden einen freundlichen
Nicker zu geben, jeden verbindliche Dinge zu sa=
gen, und die Königin unter ihnen zu spielen.

Fr. v. Eisenstamm.

Das nennen die Franzosen Coquetten, meine
liebe Hornheim.

Fr. v. Hornheim.

Im guten Verstande. Die Franzosen liebe
ich, ihre Bücher haben ungemein viel beygetra=
gen, mein Naturell auszubilden. Folgen sie mir,
meine liebe Freundin, für eine verheurathete Frau
ist dieß das einzige, was sie vergnügen kann,
lediger weise müssen wir zierlich thun, und so
sehr uns auch der Jungfernkranz auf allen Sei=
ten drücket, so müssen wir doch bald grün, roth
und blau werden, wenn etwan ein Mann ein
Wort schießen läßt, von dem uns unsere Groß=
mut=

mutter gesagt hat, daß über so etwas zu erröthen, oder wenigstens geschwind mit dem Fächer an das Gesicht zu fahren ist; eine verheurathete Frau kann aller der Kinderehen müßig gehen. Ein Mädchen versteckt ihr Gesicht in den Busen, eine Frau hebt ihr Haupt hoch empor.

Fr. v. Eisenstamm.

Von ihren drey Männern? — —

Fr. v. Hornheim.

Der erste war ein Rechtsgelehrter. Keine Helena kann eitler gewesen seyn, als er es auf sein Wissen war. Eitle Leute können keine Seele außer sich bewundern. Sein Stolz schloß alle Leute von seinem Herzen aus, das ewige Ich — — Er zog sich ganz natürlich eine Menge Feinde über den Hals. Der Gram, daß man ihn nicht gleich zum Minister machte, brachte ihn ums Leben, ich wurde einen Mann los, der vielleicht ein längeres Leben verdient hätte, wenn er nicht so ein erschrecklicher eitler Narr gewesen wäre. Je mehr die Männer zu wißen glauben, ie mehr blähen sie sich auf. Da treten sie alle geringere Geschöpfe um sie her zu Boden, ihre Kühnheit wagt sich immer höher, der Hochmuth unterscheidet keinen Stand, bis sie endlich selbst zertreten werden.

Fr. v. Eisenstamm.

Nein, daß gerade acht Tage nach meiner unglücklichen Vermählung Langenthal ein grosses Vermögen erbt, dieß, dieß kränket mich).

Fr.

Fr. v. Hornheim.

Sie sehen ihn, sie genüßen seines Umgangs, was ists mehr. Die Männer, liebe Freundin, sind alle über einen Leisten geschlagen, die Hälfte des Lebens bringen sie damit zu, daß sie ihre Weiber quälen, die zweyte, daß sie sie deswegen schadlos halten, meine zwey letzten Männer aber vermochten nichts, als mich zu betrüben.

Fr. v. Eisenstamm.

In der That, sie sind eine unbegreifliche Frau.

Fr. v. Hornheim.

Hätten sie auch den Langenthal bekommen, sie würden nicht glücklicher seyn; er macht den Weisen. Im Heurathen fährt man mit den Thoren am besten; alle diese weisen Herren sollten ledig bleiben.

Fr. v. Eisenstamm.

Langenthal wird meine Schwester heurathen.

Fr. v. Hornheim.

Das glaube ich nicht.

F. v. Eisenstamm.

Warum nicht.

Fr. v. Hornheim.

So eine Frage für eine so witzige Frau!

Fr. v. Eisenstamm.

Aber er verfolgt sie.

Fr. v. Hornheim.

Was ists mehr?

Fr. v. Eisenstamm.

Ich bin eine unglückliche Frau.

Fr.

Fr. v. Hornheim.

Nein, ſie ſind es nicht. Wie grillenfänge-
riſch ſie auf einmal heut ſind. Sie haben Freyheit, ſie haben Vermögen, ſie ſind ſchön, witzig,
ſie ziehen aller Augen in Geſellſchaften an ſich —
o meine liebe Frau von Eiſenſtamm, ſie haſſen
ihren Mann, ſie ſind ſo glücklich — —

Fr. v. Eiſenſtamm.

Da kommt er, der Unglückſelige.

Dritter Auftritt.

Die Vorigen und Eiſenſtamm.

Eiſenſtamm.

Frau von Hornheim, ich bin ihr gehorſam-
ſter Diener.

Fr. v. Hornheim.

Ihre Dienerin, Herr von Eiſenſtamm.

Eiſenſtamm.

Sie haben unſtreitig ſehr wichtige Sachen
abzumachen? Es thut mir leid, daß ich ſie ſtöhre.

Fr. v. Eiſenſtamm.

Wir redeten von ihrem Tode, Herr von Eiſenſtamm, und von meinem zweyten Gemahle.

Eiſenſtamm.

Sie ſprachen mit der Frau von Hornheim,
das wundert mich nicht, ſie konnten von nichts
andern reden.

Fr.

Fr. v. Eisenstamm.

Der Herr von Eisenstamm sagt ihnen eine Schmeicheley, Frau von Hornheim.

Fr. v. Hornheim.

Glückliche Ehemänner sind immer sehr galant.

Eisenstamm.

Ich bitte um Vergebung, ich hatte vergessen, mit wem ich die Ehre zu sprechen hatte.

Fr. v. Hornheim.

Mit mir glaube ich, Herr von Eisenstamm.

Eisenstamm.

Ganz recht mit ihnen, mit einer erobernden Dame, die Deutschen haben die Sache, aber das Wort nicht. Unsere Sprache ist nicht ausgebildet; wir haben zwar eine Benennung dafür, aber sie ist so wenig galant.

Fr. v. Hornheim.

Vielleicht wird sie es in ihrem Munde.

Eisenstamm.

Desto besser, es heißt Buhlschwester, die Franzosen haben freylich einen weit edlern Ausdruck, Coquette, o schön! und noch schöner, weil ich diesen erhabenen Namen der innigsten Freundin meiner Frau beylegen kann.

Fr. v. Hornheim.

Der Herr von Eisenstamm ist lustig, und —

Eisenstamm.

Freymüthig. Das ist ein artiges Räthsel. Wer hat den ersten Eroberer hervorgebracht, gnädige Frau?

Fr.

Fr. v. Eiſenſtamm.

Gar Räthſel, etwann auch Logogryphen; ſeit dem der Herr verheurathet iſt, bekommt er einen Paroxiſmum nach dem andern von Gelehrſamkeit. Nu wer denn Herr Gemahl; abgeſchmackte Räthſeln kann niemand beſſer auflöſen, als der ſinnreiche Erfinder.

Eiſenſtamm.

Wohl getroffen. Die erſte Coquette war es, meine gnädige Frauen, ſie will immer erobern, und nichts verlieren.

(beyde Frauen klatſchen.)

Bravo, bravo, braviſſimo.

Eiſenſtamm.

Der Beyfall muntert auf. Ich habe noch ein paar ſolche Sprüche im Hinterhalte, und ſie ſind wahr, oder nichts unter der Sonne müßte Wahrheit ſeyn.

Fr. v. Eiſenſtamm.

Ey, ey!

Eiſenſtamm.

Die falſchen Freunde und die Coquetten, gnädige Frau von Hornheim, ſind die Erfinder der Complimente.

Fr. v. Hornheim.

O ihre Galanterie ſteigt immer höher!

Eiſenſtamm.

Nicht wahr? Das habe ich alles der Ehe zu verdanken. Itzt wird ſie bald den höchſten Gipfel erreichen. Glauben ſie mir auf mein Wort,

E   gnä-

gnädige Frauen, ich rede von Grunde meines Herzens, die Coquetterie ist eine Kunst, die die Falschheit erfand, und die die Verachtung zum Lohne erhält.

Fr. v. Eisenstamm. (hitzig)

Herr von Eisenstamm, dies ist — (sie faßt sich) so spashaft.

Eisenstamm.

Sie gerathen, glaube ich, gar in Hitze —

Fr. v. Eisenstamm.

Das verlohnte sich der Mühe.

Eisenstamm.

Warlich sie haben Recht, ich war der Thor heute, und lies mich von einem Geschöpfe in Wuth bringen, das mein Weib ist.

Fr. v. Eisenstamm.

Hören sie es denn nicht, Frau von Hornheim, er ist heute zum Hannenfeld in die Schule gegangen; o das sind so ein paar Freunde, einer des andern so werth —

Eisenstamm.

Sie sind die Freundin der Frau von Hornheim, wunderbare Sympathie! Allein, ich will mich hier in keinen Kampf von schalen Einfällen einlassen. Der Besuch, den ich meiner Frau in meinem eigenen Hause mache, ist nicht ohne gute Ursachen; ich wollte die Frau von Hornheim zur Zeugin davon haben, denn meine Gemahlin hat für gut befunden, alle ihre Geheimnisse in ihren Schoos auszuschütten.

Fr.

Fr. v. Eisenstamm.

Sagen sie mir, Frau von Hornheim, ich habe die Sternfeldin so lange nicht gesehen, schleppt sie sich auch noch mit ihrem Manne?

Eisenstamm.

Und er sich mit ihr. Ein paar Vorstellungen möchte ich mir die Freyheit nehmen, ihnen — —

Fr. v. Eisenstamm.

O du lieber Himmel, Vorstellungen; wollen wir noch eine Visite machen, Frau von Hornheim? Kommen sie — —

Eisenstamm.

Nein, Madam, sie werden nicht fortgehen, bis sie mich angehöret haben.

Fr. v. Hornheim.

Nu so hören sie nur, was er haben will.

Eisenstamm.

Glauben sie denn, Frau von Eisenstamm, daß ihnen ihr elendes Betragen gegen mich vor der Welt Ehre bringt? Eine Frau, der man einmal Verstand zutraute, setzt ihn so herab, daß sie verächtlich ihres Gemahls spottet, den man schätzet, und ihn in allen Gesellschaften verspottet, daß sie da mit einen Menschen erscheint, der ihr Liebhaber war, und nun den Zärtlichen bey ihrer Schwester spielen will, eine Frau, die ihren guten Namen so gering achtet, daß sie sich zu ihrer Herzensfreundin eine Dame erkohren hat, deren Ruf zweydeutig, und deren vierzigjähriges Liebäugeln sie überall lächerlich machet?

Sie sehen, Frau von Hornheim, ich schmeichle
nicht. Aber ich möchte eine Frau gern von der
öffentlichen Verachtung retten, die mein Weib
ist, die ich liebe, die viel Witz und kein Gran
Vernunft hat.

Fr. v. Eisenstamm.

(aufgebracht) Aus so einem hohen Tone wagen sie es mit mir zu reden? Unglücklicher Mann!
Um alles in der Welt bitte ich sie, geben sie das
Vorhaben auf, mich zu tyrannisiren. Bin ich
nicht unglücklich genug, daß sie mein Mann
sind? Dringt sich meinem Vater und mir der
Elende auf, schleppt mich mit Sträuben zum
Altare, zwingt mich da ein Gelübde zu versprechen, das mein Herz verläugnete. Nun, da er
mir mein ganzes Leben verbittert hat, nun wollte er sich vielleicht auch noch die Mine eines
Großsultans geben. Wagen sie es, Unglücklicher, wagen sie es.

Eisenstamm.

Alle Vernunft vermag über Raserey nichts.
Die — —

Fr. v. Eisenstamm.

Ich Närrin, ich glaube ich wurde bös.
Herr von Eisenstamm, ich kann ihnen gar nicht
ausdrücken, wie inniglich, wie herzlich, wie
verächtlich ich sie verachte.

Eisenstamm.

O ich werde sie eben so herzlich verachten lernen, als sie mich. Ich bin überzeugt, sie würden mich weniger hassen, wenn nicht noch ein
Elen-

Elender ihr Herz hätte, dem sie vielleicht selbst noch fluchen werden, und der nicht die geringste Achtung gegen sie hat, weil er es gelassen ansehen kann, daß sie ihm ihren guten Namen aufopfern.

Vierter Auftritt.

Die Vorigen und Langenthal.

Fr. v. Eisenstamm.

Sie kommen eben zu rechter Zeit, den Augenblick hat ihnen Eisenstamm eine Lobrede gehalten, sie sind der elendeste Mensch unter der Sonne, wie er sagt.

Eisenstamm.

Welche Bosheit!

Fr. v. Hornheim.

O liebster Langenthal, sie sind ja heut so reizend — —

Langenthal.

Den Damen muß man glauben. So bin ich in ihren Augen so ein elender Mensch, Herr von Eisenstamm?

Eisenstamm.

Ja, mein Herr, weil doch meine Frau die Bosheit hat, und so niederträchtig ist, es ihnen zu wiederholen.

Langenthal.

Sie müßen sich erklären, ehe ich meinen gerechten Zorn — —

E 3

Ei:

Eisenstamm.

Nur nichts von Zorn, Langenthal; nichts
ist lächerlicher, als wenn man sich die Mine des
Haudegens geben will. .

Langenthal.

Erklären sie sich.

Eisenstamm.

Ein Mann, der mit einer verheuratheten Frau
überall öffentlich erscheinet, der auch in ihrem
Hause nicht von ihrer Seite wanket, die in ihm
zu leben und zu weben scheinet, der vor ihrer
Vermählung ihr Liebhaber war — was kann die
Welt denken? was kann er denken? da er den guten
Namen einer solchen Frau öffentlich Preiß giebt?
Muß er sie nicht verachten? Muß sie nicht das ver-
worfenste Geschöpf in seinen Augen seyn?

Langenthal.

Herr von Eisenstamm — —

Eisenstamm.

Lassen sie mich ausreden. Der noch den Haß
nähret, den dieses Weib gegen ihren Mann heget?
der die Eitelkeit hat, Histörchen zu erzählen, der
über einen Mann Schande und Verachtung bringen will, der dereinst sein Freund war? — —

Langenthal.

Grausame Beschuldigungen! sie verlangen
vielleicht eine lange Verantwortung? Herr von
Eisenstamm, sie greifen ein Herz an, das sie
mißkennen, ihre Gemahlin war mir dereinst
theuer; sie ist mir es noch, so wie es die Tugend
for=

fordert. Die Welt weiß, daß ich Fräulein Carolinen meine Aufwartung mache. Die Ehre
ihrer Gemahlin iſt geborgen; ich bin kein morali-
ſcher Schwätzer, Herr von Eiſenſtamm, aber das
darf ich ſagen, daß mein Gewißen unbefleckt iſt,
daß es ſich noch keiner Handlung bewußt iſt, der
es ſich zu ſchämen hätte. Mein Betragen liegt
aufgedeckt vor aller Menſchen Augen! Senn ſie
mein Freund, Eiſenſtamm, bey einem rechtſchaf-
fenen Manne hat man nichts zu fürchten.

Eiſenſtamm.

Große, ſchöne, herrliche Worte! Herr von
Langenthal, entweder Caroline giebt ihnen heute
ihre Hand, dann ſind ſie meiner Freundſchaft
würdig, oder ſie verweigert ſie ihnen, dann ver-
meiden ſie mein Haus. So iſt mein Wille. Adieu,
Frau von Eiſenſtamm.

Fünfter Auftritt.

Langenthal, Frau von Eiſenſtamm, Frau von Hornheim.

Langenthal.

Ha! der ſtolze, majeſtätiſche Mann! Um
aller Welt willen, gnädige Frau, wo hat der Froſch
auf einmal ſo laut quacken gelernt?

Fr. v. Eiſenſtamm.

Ich bin noch betäubt, das war ein verdamm-
ter hoher Thon, und ſpitzig.

E 4   Fr.

Fr. v. Hornheim.

O Freundin, wie sind sie zu beklagen! ihr Mann hat Verstand, er wird — —

Fr. v. Eisenstamm.

Wie lächerlich ist mir sein Ernst! Wie er sich bäumte! ein Geräusch in den Büschen, und ein kleiner Hase springt hervor. Und doch will ich ihn so noch eher leiden, als wenn er zärtlich, aufmerksam, herzig thun will, da wird er so abgeschmackt, so ermüdend, so überlästig. Dann spotte ich seiner, und lache aus vollem Halse.

Fr. v. Hornheim.

Ich sehe ein kleines Ungewitter voraus —

Fr. v. Eisenstamm.

O wo denken sie hin! das ist ein Ungewitter in der Leopoldstädter Comödie, es wird lauter Caliphonium donnern.

Fr. v. Hornheim.

Nu, was wollen wir denn so thun?

Langenthal.

(zu Hornh.) Gehen sie voraus, gnädige Frau, ich folge ihnen den Augenblick. Mit der Frau von Eisenstamm zwey Worte, die die Ruhe dieser liebenswürdigen Dame angehen?

Fr. v. Hornheim.

Sagen sie mir, Langenthal, denn sie sind galant, wie finden sie meinen Anzug heut?

Langenthal.

Ohne Schmeicheley, gnädige Frau, so geschmackvoll, die erste Prinzeßin könnte sich nicht reizender schmücken.

Fr.

Fr. v. Hornheim.

Es iſt nicht ohne Urſache; ich muß dem Hauptmann Eſpenkreutz gefallen.

Langenthal.

Soll er heut noch kommen?

Fr. v. Eiſenſtamm.

Ich vermuthe es, und auch mein Vater.

Sechſter Auftritt.

Frau v. Eiſenſtamm und Langenthal.

Langenthal.

Gnädige Frau, ich darf keinen einzigen dieſer koſtbaren Augenblicke verlieren; o wie brün-
ſtig liebte ich ſie, wie zärtlich wurde ich von ihnen geliebt, da zeugt die Hölle dieß Ungeheuer,
den Eiſenſtamm, um uns unausſprechlich elend
zu machen, um mich zur Verzweiflung zu bringen. Gnädige Frau, ſehen ſie mich zu ihren
Füßen, ihr Mann iſt ein Ungeheuer, ich kann
niemand als ſie lieben, lieben ſie mich.

Fr. v. Eiſenſtamm.

Stehn ſie auf, mein unglücklicher, mein be-
ſter Langenthal, beklagen ſie mich, ich beklage
ſie, aber weiter müſſen ſie nichts fordern.

Langenthal.

Engliſche Sophie, nichts? ihr Langenthal?
der nur in ihnen lebet?

Fr. v. Eiſenſtamm.

Wollen ſie meine Schweſter heurathen?

E 5   Lan=

Langenthal.

Sie scherzen.

Fr. v. Eisenstamm.

Gesetzt, dem Mädchen würde Ernst? Sie wählte sie.

Langenthal.

Dafür lassen sie mich sorgen, denken sie an meine Zärtlichkeit, und jagen sie einem elenden Mann Schrecken ein, der aus einem so hohen Tone anstimmen konnte. Sie müssen ihre Freyheit behaupten, und über ihn und sein Vermögen schalten und walten. Meine theureste Sophie, denn ich mag ihnen den verhaßten Namen ihres Mannes nicht geben, lassen sie uns über allen Verdruß schadlos halten, den seine elende Gemüthsart ihnen sowohl als mir —

Fr. v. Eisenstamm.

Er will ihnen sein Haus verbiethen. —

Langenthal.

Dazu lache ich — — wenn sie wollen, am dritten, vierten Orte — bey Spazierfahrten —

Fr. v. Eisenstamm.

Was wagen sie? Wissen sie, daß die Männer nur gegen solche Weiber kühn sind, die sie verachten? (geht ab)

Siebender Auftritt.

Langenthal allein.

So plötzlich, spreize dich nur, Närrin, das Netz ist zu tief gelegt; ich habe sie vorher nie geliebt,

liebt, ich liebte ihren Reichthum; ſo bald ſie
heurathete, wütheten alle Leidenſchaften in mir.
Unter der Rache und dem Zorne entzündete ſich
in mir ein flammendes Feuer gegen dieſes weibliche Geſchöpfe, von dem ich mich nicht befreyen
kann. Ha — Sie betete mich an, und läßt
ſich zwingen, einen andern zu heurathen. Dafür will ich gerächet ſeyn, und ſie beſtrafen.
Eiſenſtamm, der meine Verbindungen wußte,
und doch — — er hat ſchon dafür gelitten, aber
das beſte behalte ich ihm vor — — ſeine Frau
ſoll ſich und ihn beſtrafen, und den Langenthal
rächen!

Achter Auftritt.
Juliane, Caroline und Langenthal.

Juliane.
Jemine! wer iſt da?

Langenthal.
Ha! meine Fräulein, meine theureſte Fräulein Caroline, wie lange wollen ſie noch das Herz
eines Liebhabers martern, das ewig ihnen zuge-
hört? dereinſt gehörte es ihrer Schweſter, itzt
lebe ich für Caroline einzig und allein in der Welt.

Caroline.
Iſt das die Sprache der Liebe?

Langenthal.
Sie müſſen mir vergeben, liebſte Fräulein,
meine Empfindungen drängen ſich zu ſehr, der
Ausdruck — —

Ju=

Juliane.

Nein, mein Herr, sie reden zu schön!

Langenthal.

Gnädige Fräulein, geben sie mir ihre Hand,
so bin ich der glücklichste Mann auf Erden.

Juliane.

Ist es möglich, sind sie denn so gar sehr verliebt?

Langenthal.

Ja, strafe mich der Himmel auf das entsetz-
lichste, wenn ich sie nicht unter allen in der Welt
am feurigsten liebe; wenn sie nicht mein ganzes
Herz besitzen. Wenn ich je mich der mindesten
Untreue gegen die Reizendste aller Schönen schuldig machen sollte: dann — —

Juliane.

O mir bricht das Herz völlig, meine liebe
Caroline.

Caroline.

Ich glaube es ihnen. Mein Herr von Langenthal, mein Vater kommt heut an, reden sie
mit ihm — — ich werde auch mit ihm reden.

Langenthal. (betroffen)

Also darf ich hoffen, reizende Caroline — —

Caroline.

Gehn sie zur Gesellschaft, die Frau von Hornheim hat nach ihnen gefragt.

Lan=

Langenthal.

Nur noch — —

Caroline.

Kein Wort mehr, gehorchen sie.

Neunter Auftritt.

Caroline und Juliane.

Juliane.

Nu, das machen sie gut; ey was ist das für ein galanter Mann.

Caroline.

Mein gutes Kind — —

Juliane.

Itzt könnten sie mir bey Stubenkolm ein gutes Wort reden, denn zwey Männer kann man leider doch nicht heurathen, oder bey ihren Herrn Bruder, wenn er kommt, ich heurathete gar zu gern.

Caroline.

Ja, meine Juliane, kommen sie nur herein, ledige Mädchen dürfen sich schon ein wenig kuppeln.

Vier-

Vierter Aufzug.

Erster Auftritt.

Espenkreutz Vater, Espenkreutz Sohn, Eisenstamm, Frau von Eisenstamm, Caroline.

Espenkreutz.

(zu Espenkreutz Sohn) Mein Sohn, befiehl, daß nicht ausgespannt wird, ich muß meinem alten Freunde meine letzte Pflicht leisten, bey einer zerrütteten Wirthschaft will ich keinen Augenblick verweilen.

Caroline.

Mein Vater!

Espenkreutz Vater.

Ich hasse euch Weibsleute, wenn ihr Tugend und Verstand hättet, so würdet ihr euch die Wahl eurer Eltern gefallen lassen, und eure Pflicht erfüllen.

Espenkreutz Sohn.

(zur Fr. v. Eisenst.) Glaubst du, Schwester Sophie, daß dein Betragen dir und uns Ehre bringt?

Fr. v. Eisenstamm.

Mein Betragen? Ich habe mir nichts vorzuwerfen, als daß ich einen Mann verachte, der — —

Ei=

Eisenstamm.

O ich verachte sie itzt mehr, als sie glauben.

Espenkreuz Vater.

Warum verachten sie meine Tochter?

Eisenstamm.

Weil sie vergißt, daß sie die Tochter eines rechtschaffenen Greises, und die Frau eines zärtlichen Mannes ist.

Fr. v. Eisenstamm.

Mein Vater! Meine Ehe ist ihr Werk, sie haben sie geschlossen, sie müssen sie trennen.

Espenkreuz Vater.

Tochter, rasest du?

Fr. v. Eisenstamm.

Entdeckte ich ihnen nicht mein ganzes Herz, sagte ich ihnen nicht, daß mir dieser Mann ewig unerträglich seyn würde?

Eisenstamm.

Das hat sie schon ihren Lakeyen vertraut.

Espenkreuz Vater.

Da sind schreckliche Verbitterungen, ein unwürdiges, elendes Betragen! Habe ich dir nicht von deiner zarten Kindheit eingepräget, daß Tugend und Sittsamkeit das einzige Kleinod des weiblichen Geschlechts sind?

Fr. v. Eisenstamm.

Ich habe mir keine Vorwürfe darüber zu machen.

Espen=

Espenkreuß Vater.

Nicht? Die Tugend des Weibes ist, den Mann zu lieben und zu ehren. Thust du das? Bist du also nicht eine lasterhafte Frau?

Fr. v. Eisenstamm.

Vergeben mir Ihr Gnaden, da ist — —

Espenkreuß Vater.

Spitzfindigkeiten, elende Spitzfindigkeiten eurer verdorbenen Welt. Wer seine Pflicht nicht erfüllt, ist ein Bösewicht.

Fr. v. Eisenstamm.

Sie drungen mir den Mann auf.

Espenkreuß Vater.

Das ist meine Tochter? die fähig ist mir solche Vorwürfe zu machen. Was soll ein rechtschaffener Vater mehr für sein Kind thun? Ich gebe dir einen Mann, der wohl gebaut, schön und jung ist, alles was euch sinnliche Geschöpfe am meisten reizet, was euer halblöthiges Gehirn auf einmal anbrennen kann, er ist von guten Adel, reich, hat Verstand, ist kein Müßiggänger, dient dem Staate — —

Eisenstamm.

Alle Vorstellungen vermögen nichts über eine unglückliche Gemüthsart.

Espenkreuß Vater.

Das war hart, das war beleidigend, Eisenstamm; daß die Leute gleich zu Narren werden, so bald man ihnen einen Lobspruch macht. Der brüstete sie auf. Alle diese Vorzüge gehören der

Na-

Natur und dem Glücke. Sie haben nichts dazu beygetragen; sie könnten eben so gut krumm,
lahm, höckricht, häßlich, arm, von geringen Aeltern, blödsinnig und ein Dummkopf seyn. Das
einzige gehört ihnen, daß sie ihren natürlichen
Verstand gebildet haben, und da steht mir niemand gut dafür, ob sie nicht durch Zwang und
Schläge dazu genöthiget worden sind. Laßt die
Narren nach ihrer Weise handeln. Warum
gehorchst du mir nicht, Hauptmann? Ich fühle
es, meine Galle wird rege, ausfahren will ich.

Caroline.

O ich bitte sie um alles in der Welt, mein
Vater, verlassen sie uns noch nicht.

Espenkreuß Vater.

Was willst du, Mädchen? Willst du auch
eine solche armselige Närrin werden?

Caroline.

Mein Betragen soll ihnen bezeugen — —

Espenkreuß Vater.

Ja, euer Betragen soll immer bezeugen, was
denn?

Caroline.

Daß ich meines Vaters nicht unwürdig bin.

Espenkreuß Vater.

Dein Heurathsgut liegt fertig; ich will mir
nicht mehr den Kopf ansingen lassen. Du hast
zween Liebhaber, Langenthal hat itzt Vermögen,
wähle welchen du willst, nimm einen dritten, es
soll mir gleichgültig seyn; nur so weit erlaube deinem Vater sich darein zu mischen, daß du nicht

F   einen

einen Mann nimmst, der kein Vermögen besitzet, und dem Staate nicht dienet. Ich will an meiner Tochter keine Audienzschwester, an meinen Schwiegersohn keinen Taugenichts haben, der weiter nichts kann, als den armen Groschen seiner Bauern verprassen, die ihn in blutigen Schweiße erwerben. Hauptmann, verlernst du das Gehorchen auch schon? Steckt dich das Beyspiel an?

Espenkreuß Sohn.

Ich gehorche, mein Vater.   (ab)

Zweyter Auftritt.

Die Vorigen. Frau von Hornheim
geputzt. Juliane.

Frau von Hornheim.

Ich wünsche ihnen Glück zu ihrer Ankunft, Herr von Espenkreuß.

Espenkreuß Vater.

Ihr Diener!

Fr. v. Hornheim.

Wo will denn der Herr Hauptmann so geschwind hin? das ist ein reizender Mann, seine Gesundheit wird immer blühender, ie länger er Soldat ist.

Espenkreuß Vater.

Sollen ihn vielleicht Ausschweifungen schon zum Krüppel gemacht haben? Er hat seinen Stand aus Neigung erwählt, er hat den Polyb nicht staubigt werden lassen, er ist ein Mann,

in

in aller Betrachtung ein Mann, und ein tugend-
hafter Mann. Man ſollte keinen Mann zum
Officier machen, deſſen Wandel nicht unbeſchol-
ten iſt. Bin ich nicht ein alter Narr, daß ich
da meinen Sohn lobe; doch — — er tröſtet
mich über die Raſereyen meiner Tochter.

Caroline.

Mein Vater!

Eſpenkreuz Vater.

Mein Vater! Immer Ausrufungen. Ich
glaube Mädel, du lernſt das aus Comödien?

Dritter Auftritt.

Die Vorigen und Eſpenkreuz Sohn.

Eſpenkreuz Sohn.

Es iſt ſchon geſchehen.

Juliane zu Caroline.

O reden ſie mir doch ein gutes Wort izt bey
ihren Herrn Bruder, ſie haben mir es ja ver-
ſprochen. O das iſt ein ſchönes Mannsbild.

Fr. v. Hornheim.

Was ſagt das einfältige Ding wieder,
Caroline?

Juliane.

Die Mama zürnt beſtändig auf mich. Ich
kann ja nicht ſo galant ſeyn wie die Mama. Erſt
ſeit etlichen Wochen nimmt mich die Mama mit in
Geſellſchaften, ſonſt habe ich immer zu Hauſe allein
mit den Dienſtboten meine Unterhaltung haben

müſſen,

müffen, und Bücher habe ich auch nicht viel gehabt.   Ich bitte die Mama um alles in der Welt,
haben fie nur Geduld mit mir.   Wenn ich einen
Mann habe, werde ich fchon mehr Verftand bekommen.   Ich brauche ihn fo nothwendig, als das
liebe Brod.

Fr. v. Hornheim.

Das ift zum Schlag treffen, wie das junge
Ding — —

Vierter Auftritt.

Die Vorigen und Langenthal.

Langenthal.

Willkommen, taufendmal willkommen, gnädiger Herr! wie der tugendhafte Mann blühet!
wie Mäßigkeit noch die Wangen färbt, und —

Efpenkreutz Vater.

Das ift ja eine rechte afiatifche Sprache, ich
danke ihnen, was doch die Herren Gelehrten find.

Langenthal.

O ich weiß, fie fchätzen Gelehrfamkeit.

Efpenkreutz Vater.

Sie wird immer gemißbraucht.   Nur fchade,
daß die Wiffenfchaften den Menfchen mehr Hochmuth, als Tugenden einflöfen; fie füllen den Kopf
mit Dampf an, und leeren das Herz von Empfindungen; ich habe mich deswegen allemal mehr be-
ftrebet, rechtfchaffen zu leben, als viel zu lernen.
Komm, mein Sohn!

Lan-

Langenthal.

O nur ein Wort, mein theuter Herr von Eſpenkreutz.

Eſpenkreutz Vater.

Kein Wort. Da iſt Caroline, mit der müſſen ſie reden, ſie iſt ſo klüger, als ich. Die jungen Dinger zerplatzen heutigs Tags vor lauter Weisheit.

Fünfter Auftritt.
Die Vorigen, ohne Eſpenkreutz Vater und Sohn.

Fr. v. Hornheim.

Das iſt doch grauſam, daß uns der Herr Hauptmann ſo ſchnell verläßt, ich hatte eines meiner beſten Complimente auf der Zunge — — Meine liebe Freundin, ſeitdem ich hier bin, haben ſie ja den Mund noch nicht eröffnet. Ach ſie ſind doch recht unglücklich.

Fr. v. Eiſenſtamm.

Ha! die Männer ſind alle Verräther, wäre es auch mein Vater, mein Bruder! (ab)

Sechſter Auftritt.
Eiſenſtamm, Langenthal, Frau von Hornheim und Juliane.

Eiſenſtamm.

Das Weib hat den Verſtand verlohren. Kein Wunder! Die Sache leidet keinen Verzug, Frau von Hornheim, ich bitte ſie von dieſem Augenblicke

F 3   an,

an, mir in meinem Hause nicht mehr beschwerlich
zu seyn, beurlauben sie sich bey meinem Weibe,
schimpfen sie noch ihr Herz aus, alsdenn sey ihnen
meine Thüre verschloßen.

Fr. v. Hornheim.

Unglücklicher Mann, das sagen sie mir in Ge-
genwart meiner Tochter.

Langenthal.

Ich bitte sie doch um alles in der Welt — —

Eisenstamm.

Bey der Erziehung, die sie von ihnen erhalten
hat, ist nichts zu wagen. Fräulein Juliane, wollen
sie bisweilen Carolinen besuchen, so wird es mir an-
genehm seyn, aber itzt bitte ich, lassen sie mich allein,
Frau von Hornheim, ich empfehle mich ihnen.

Fr. v. Hornheim.

Sagen sie mir nur, mein Herr, für was sie
mich halten?

Eisenstamm.

Für die schönste und artigste Dame in Europa,
so bald sie mein Haus meiden. Ich glaube, ich
habe mich auch heute deutlich erkläret.

Fr. v. Hornheim.

Adieu, so ein ungeschliffener Mann einer
solchen Dame — —

Eisenstamm.

O sie vornehme Dame!

Fr. v. Hornheim.

O sie fürchterlicher Großsultan! (ab)

Ju=

Juliane.

Caroline, ich komme darnach wieder, ſie müſſen mich nicht ſtecken laſſen, ich muß einen Mann
haben, ich bleibe ſonſt nicht 8 Tage mehr leben. (ab)

Siebender Auftritt.

Eiſenſtamm, Langenthal, Caroline.

Eiſenſtamm.

Meine liebſte Caroline, was für unendlichen
Dank würde ihnen ihr Bruder — —

Caroline.

Ich verſtehe ſie. Weil ſie denn die Sache
ſchon ſo weit getrieben haben, wohlan, dieß leichte
Opfer kann ich ihnen bringen. Herr von Langenthal,
ich nehme ihre Zärtlichkeit für baares Geld an, und
ich danke ihnen dafür, denn wer uns aus rechtſchaf-
fenen Abſichten liebt, der ehrt uns, dem ſind wir
Dank ſchuldig — allein —

Langenthal.

Sprechen ſie nichts zu meinem Nachtheile aus,
oder ich ſterbe vor ihren Augen.

Eiſehſtamm.

Erklären ſie ſich, meine theureſte Caroline.

Caroline.

Mein lieber Langenthal, ſie werden niemals der
Mañ ſeyn, den ich zu meinen Gemahl wählen werde.

Eiſenſtamm.

Vortreflich. Alſo muß ich ihnen das nämliche
Compliment machen, von dem ſie bey der Hornheimin Zeuge waren.

Lan=

Langenthal.

Ich bin der unglückseligste Mann von der Welt. Liebste Fräulein, ist denn gar keine Hoffnung?

Caroline.

Keine.

Eisenstamm.

Meiden sie mein Haus.

Langenthal.

Ja, mein Herr, sie können das fordern, aber lassen sie ihnen mein gekränktes Herz sagen, daß sie einen ungerechten Argwohn gegen mich gefasset haben, sie werden die Tugend erkennen, und mir Gerechtigkeit wiederfahren lassen. Seyn sie mein Freund, ich fühle es, ich bin ihrer Freundschaft würdig, lassen sie sich umarmen.

Eisenstamm.

Langenthal, wann sie ein ehrlicher Mann sind, ich wollte mich mein ganzes Leben schämen.

Langenthal.

Mein Betragen muß mich rechtfertigen, und darauf bin ich stolz, mein Herr! Fräulein Caroline, sie verwerfen ein Herz, das sie nicht kennen. (ab)

Achter Auftritt.

Eisenstamm. Caroline.

Caroline.

Ich weiß nicht, was ich denken soll, dieser Mann ist mir ein unauflößliches Räthsel. Entweder Langenthal ist der schändlichste, heuchlerischte Bösewicht

ſewicht, oder er iſt der rechtſchaffenſte Mann, den jemals noch die Welt geſehen hat.

Neunter Auftritt.

Die Vorigen.   Andres.

Andres.

Ehe die gnädige Frau ausfährt, ſollen ſie den Augenblick zu ihr kommen, ſie hat ihnen ein paar Worte zu ſagen, gnädiges Fräulein, das ſind Sachen, das ſind Sachen —

(Eiſenſtamm läuft plötzlich ab.)

Zehender Auftritt.

Caroline. Andres.

Caroline.

Ich komme den Augenblick. (ſie will gehen) Aber nein, ich muß warten, bis mein Herr Bruder zurück kömmt. Wo iſt denn meine Schweſter?

Andres.

Ach lieber Herr und Knecht, das ſind Hiſtorien, die gnädige Frau ſchießt herum, die Frou von Hornheim predigt, die Fräulein Juliane zottelt hinten drein, der Herr von Langenthal redete ein paar Minuten leiſe mit der gnädigen Frau, und lief weg; der Antoni hat ſeinen Rauſch darüber ausgeſchlafen, die gelehrte Cammerjungfer hat das Buch weggeworfen, und hat vor lauter Erſtaunen die Haube verlohren, ſie ſpringt herum wie eine Hexe.

Eilf=

Eilfter Auftritt.

Die Vorigen. Juſtine.

Juſtine.

Ach Zevs und Jupiter, eingeſperrt hat de gnädige Herr die gnädige Frau, die Frau von Hornheim iſt in einer Wuth davon gegangen, der gnädige Herr hat den bloßen Degen in der Hand gehabt, und iſt dem Langenthal nachgelaufen; ach — —

Zwölfter Auftritt.

Die Vorigen und Anton.

Anton.

Die gnädige Frau eingeſperret hat ſie der Herr, den bloßen Degen in der Hand, dem Langenthal iſt er nachgelaufen. Sie hat die Thüre ein-ſprengen wollen, auf einmal iſt es ſtill geworden, ich glaube vor Gift iſt ſie geberſtet. Andres haſt du die Flaſche Wein aufgehoben?

Andres.

Nein.

Anton.

Ach das iſt ein Unglück, das iſt ein Unglück! So gehts dem Frauenzimmer, entweder der Ei-genſinn, oder die Galle bringt ſie ums Leben.

Juſtine.

Ach meine arme gnädige Frau, ach meine arme gnädige — —

An=

Andres.

Das ſind Sachen! o das iſt ein Tyrann der Herr, das iſt ein Tyrann.

Dreyzehender Auftritt.

Die Vorigen und Eiſenſtamm.

Eiſenſtamm.

Was thun die Unglücklichen hier? Fliehet ihr elenden Geſchöpfe! —

Andres.

Ach das iſt ein Tyrann.　　　(geſchwind ab.)

Anton.

Wie wird er ſie zerdroſchen, wie wird er ſie zerdroſchen haben!　　　(langſam ab)

Juſtine.

Ach ihr Gnaden! Harter unmenſchlicher Herr, o jemine, o jemine!　　　(geht ab.)

Vierzehender Auftritt.

Eiſenſtamm und Caroline.

Eiſenſtamm.

Caroline! Die Auflöſung iſt nahe; ich habe Maasregeln ergreifen müſſen, mein Herz iſt gebrochen, ich liebe ſie mehr, als iemals, dieſes unwürdige Weib. Ich muß zu ihrem Vater eilen.　　　(gehn ab.)

Fünf-

Fünfter Aufzug.

Erster Auftritt.

Frau v. Eisenstamm allein.

Das Ungeheuer! Unmenschlich! Die Wuth!
Ach, was spielst du für eine nichtswürdige Rolle! Glaubt das Ungeheuer, daß ich ihn weniger
grimmig hassen werde, wenn er mich zur höch-
sten Verzweiflung bringt? Die elende Caroline!
Ein Kloster, ja ein Kloster — Aber warum soll
ich des Elenden wegen aller menschlichen Gesellschaft entsagen, und in einer verdrüßlichen
Einsamkeit tausend heftige Leidenschaften nähren,
die meinen Tod beschleunigen müssen. Und Langenthal — Drey Worte, haben mir iemals in
seinem Munde mißfallen, die er vorhin entwi-
schen lies. Muß man denn lasterhaft seyn, wenn
man auch seinen Mann hasset. Soll man den
Tyrannen lieben, nach einer solchen Begeg-
nung? —

Zweyter Auftritt.

Fr. v. Eisenstamm und Langenthal.

Fr. v. Eisenstamm.

Um aller Welt willen, was wagen sie, wie
kommen sie herein?

Langenthal.

Durch Geld; ich wage mein Leben, sie sehen es, Sophie. Werden sie mich belohnen?

Fr.

Fr. v. Eisenstamm.

Fliehen sie, fliehen sie.

Langenthal.

Mein, wie furchtsam gleich ihr Geschlecht ist. Man soll mich zu ihren Füßen tödten. Sie sehen, wie elend man mit ihnen verfährt. Kommen sie in meine Arme. Unserer selbst, unsers Vergnügens wegen sind wir auf der Welt, da haben sie mein ganzes Herz, wer sich unsern Interesse widersetzet, ist unser tödlicher Feind, und Feinde muß man sich vom Halse schaffen. In meine Arme, Sophie, der größte Theil meiner Güter liegt in einem benachbarten Staate, man wird uns da mit offenen Armen aufnehmen. Dort lassen sich Ehen trennen, und neue knüpfen. Machen sie mich glücklich.

Fr. v. Eisenstamm.

Ich erstaune.

Langenthal.

Meine Sophie, weder Laster noch Tugend, unser Interesse, unser Vergnügen, muß unsere Handlungen bestimmen; sie sind gut, wenn sie es befördert, sie sind bös, wenn sie unsere herrschenden Leidenschaften durchkreuzen.

Fr. v. Eisenstamm.

Langenthal, ich werde mein Vaterland niemals verlassen, ich liebe Ehre, und will da nicht — —

Langenthal.

Gut, so verlassen sie es nicht. Ich opferte selbst vieles auf; hier giebt es noch ein anderes

Zu.

Zufluchtsmittel. Ein wenig Verstellung, machen sie den elenden Eisenstamm sicher, bitten sie ihn um Vergebung; Verliebte sind leichtgläubig, seinen Vortheilen zu gefallen muß man bisweilen über Vermögen etwas thun. Ist er sicher, denn ich will während dieser Zeit ihr Haus nicht mehr betreten, wir können uns immer an einen dritten Orte sehen. alsdenn — Da haben sie ein köstliches Mittel, noch dazu ohne alle Gefahr, in einen Vierteljahr muß ihr Mann so natürlich abzehren, daß die erfahrensten Aerzte keinen Argwohn deswegen schöpfen können. Es besteht nicht aus Mineralien. Das Ende seines Lebens ist der Anfang unsers Glückes! Englische Sophie, ich verlasse sie, nehmen sie diesen Balsam, hier ist keine Betrachtung weiter anzustellen — — wir sind uns die nächsten, unsere Aeltern sind unsere Feinde, so bald sie unsere Glückseligkeit stöhren. Sind wir ihnen etwa für unser Daseyn etwas schuldig? wer ein Sklave von Vorurtheilen seyn will, hat das ganze Glück seines Lebens verlohren, lebt in ewigen Zwange, ist endlich gleichgültig gegen alle Freuden der Welt, wird blödsinnig, und stirbt als ein elendes Geschöpf ohne Verstand, ohne Willen; die entkräftete Maschine sinkt hin, und hat keinen Tag gelebet, was leben heißt. Da haben sie mein Herz! Eisenstamm sucht ihren Vater — Sophie, folgen sie ihren Geliebten, überschwengliche Glückseligkeit erwartet uns. Leben sie wohl, lassen sie sich umarmen.

Fr. v. Eisenstamm.

Elender, gehen sie mir aus den Augen.

Drit=

Dritter Auftritt.

Die Vorigen. Espenkreutz Sohn und Eisenstamm.

Eisenstamm.

Himmel, was sehe ich? (er zieht den Degen)

Espenkreutz Sohn.

Bruder! keine Uebereilung! (Langenthal will fliehen)

Fr. v. Eisenstamm.

Bruder, laß ihn nicht entfliehen, ich habe so wichtige Sachen — —

Eisenstamm.

O Weib, in dem Augenblicke, da ich dir zu Füßen fallen wollte, um dich mit blutigen Thränen meiner gewaltsamen Hitze wegen um Vergebung zu bitten, die meine Liebe und deine Ehre erregte, da sehe ich — — doch meine Frau hat Verstand, sie muß am Ende ihre Verirrungen einsehen; sie kann nicht schuldig seyn. Sophie, sieh mich zu deinen Füßen, verschmähe einen Mann nicht länger, der dich anbetet, der sein ganzes Glück in deiner Liebe finden würde; alles was ich vermag und besitze, von diesem Augenblicke an soll alles meiner Sophie gewidmet seyn. Beste, theureste Frau, hasse mich nicht länger, sey unumschränkte Gebieterin, aber schone deiner Ehre, die die Verläumdung vergiftet.

Espen=

Espenkreutz Sohn.

Dein Mann, Schwester, hat alle Schmach getilget, die die Hornheimin auf dich gebracht hat, deine Schulden, denn du hast eine große Anzahl, hat er bezahlt. Sophie, willst du meine Schwester seyn? ..

Fr. v. Eisenstamm.

Stehen sie auf, Mann, stehen sie auf, ich kann sie nicht knien sehen.

Vierter Auftritt.

Die Vorigen. Espenkreutz Vater.

Espenkreutz Vater.

Sophie, unwürdiges elendes Weib, geh mir ewig aus den Augen; was macht der Langenthal hier, ich dachte, Eisenstamm, du hättest ihm dein Haus verbothen. Der Verräther!

Langenthal.

Alle Wuth der Erde muß sich gegen mich verschworen haben. Lasset mich, oder — —

Espenkreutz Sohn.

Elende Drohungen, alle Bösewichter drohen, und sind verzagt. Herr, was machen sie hier?

Espenkreutz Vater.

Steh auf, Eisenstamm, oder ich verachte dich.

Fr. v. Eisenstamm.

Gemahl, stehe auf!

Eisenstamm.

Du willst?

Fr.

Fr. v. Eiſenſtamm.

Ich will dich lieben, ich will deine würdige
Gemahlin ſeyn! Hier, theureſter Mann, ſieh
mich zu deinen Füſſen! mein Verſtand war ver-
irret, vergieb mir.

Eiſenſtamm.

(hebt ſie plötzlich auf) Meine Liebſte! welche Er-
niedrigung! ſollteſt du? — —

Fr. v. Eiſenſtamm.

Nein, Mann, ich habe mir keine Vorwürfe
zu machen, Gott und die ganze Welt ſey Zeuge,
aber einen Böſewicht hatte ich für einen ehrlichen
Mann gehalten, eine ſo lange ſchreckliche Verblen-
dung! der Elende hat ſich mir aufgedecket — er
redet von Flucht, von Gift — — O mein Vater, mein Mann, mein Bruder, vergebet mir —

Langenthal.

Was wagen ſie zu beſchimpfen, Frau von Eiſenſtamm, meine Tugend? wer hat ſich mir aufdringen wollen.

Fünfter Auftritt.

Die Vorigen, Hannenfeld u. Stuben-
kolm.

Hannenfeld.

Herr von Eſpenkreutz, grüſſe ſie der Himmel
zu tauſentmalen, Bruder Hauptmann dich auch,
der Soldat ſieht aus wie das Leben. Was Teufel, was ſind das für Geſichter? Herr Langenthal,

G
was

was haben sie denn noch hier zu thun? warum
sind sie denn nicht bey dem Fräulein Rothstern?
soll der Mensch in 14 Tagen sein Versprechen haben,
ist alles schon richtig, und da schleicht er noch um
des Eisenstamm seine Frau herum.

Espenkreuß Sohn.
Ist das wahr, Hannenfeld?

Hannenfeld.
Willst du, daß ich dir das ganze Rothsterni-
sche Haus zu Zeugen herbringe?

Eisenstamm.
Hannenfeld, du mußt mit deinem Leben für
diese Wahrheit haften.

Hannenfeld.
Du bist ein Narr, geh mit mir hin, es ist ja
kaum 10 Minuten weit, wenn ich dir sage, daß
sie schon anfangen an der Ausstaffirung der Braut
zu arbeiten. Verborgen sollte sie es aus großen
wichtigen Ursachen halten, deswegen ist es nicht so-
bald unter die Leute gekommen. Das Mädel ist
hübsch und reich, aber so ein dummes leichtgläu-
biges Gänsel.

Espenkreuß Sohn.
(geht mit einem drohenden Blicke auf Langenthal los.)

Ist das wahr, moralischer Heuchler! Sie müssen die Wahrheit sagen, oder bey Gott — Schurke
rede, oder ich drehe dir den Hals um!

Langenthal.
Ich bin übermannet, hier ist es leicht —

Espen-

Espenkreutz Sohn.

Nein, du bist nicht übermannt, wir leben unter einem Monarchen, wo keine Gewaltthätigkeiten geduldet werden. Wahrheit oder nicht.

Fr. v. Eisenstamm.

Ich kann nicht daran zweifeln, lassen sie den elendesten aller Menschen sich entfernen, sein Tod würde Belohnung für ihn seyn. Die betrogene Fräulein kann man aus dem Irrthume bringen.

Sechster Auftritt.
Die Vorigen. Caroline.

Caroline.

Ist es denn wahr, daß Langenthal der bestimmte Bräutigam der Fraulein von Rothstern ist?

Espenkreutz Vater.

Weißt du es auch? hieran ist nicht mehr zu zweifeln.

Stubenkolm.

O meine theureste Caroline!

Espenkreutz Sohn.
Ha der Bösewicht, und gegen Carolinen —

Fr. v. Eisenstamm.

Lassen sie mir einen Frevler aus den Augen gehen, der mich so erschrecklich unter mir selbst erniedrigt, wenn ich daran denke, daß ich ihn lieben können. O mein Vater, wie weis bedachten sie? —

G 2　　　　Espen-

Espenkreutz Vater.

Siehst du es ein, Sophie, siehst du es ein.
Da hast du eine Thräne; mein ganzes väterliches
Herz weint. Kind, warum hast du mir nicht
geglaubt, ein Mann von Adel, der dem Staate
nicht nützet, der den Philosophen nach dem Schlen-
drian macht, der überall Tugend predigt, und
keine ausübt, der keine Religion hat, das ist ein
nichtswürdiger Schurke. Bebrämt ihr Bösewichter eure Zunge mit gelehrten Dingen; affectirt
mit euren Herzen Wohlwollen; dieses Herz ist bös;
ihr seyd desto gefährlichere Bösewichter. Aber euer —
Holla ab, Langenthal —

Espenkreutz Sohn.

Schurke fliehe, verdanke es den Gesetzen, daß
du dein nichtswürdiges Leben behältst, aber sie sind
weise, eine grausamere Quaal wird dein Leben ver-
bittern, und jenseits der Welt die Strafen bringen —

Langenthal.

Ich bin übermannt. (zieht den Buckel ein, und
geht ab.)

Siebender Auftritt.
Die Vorigen.
Espenkreutz Vater.

Sage Tochter, bist du meiner würdig?

Fr. v. Eisenstamm.

Wenn mir mein Eisenstamm vergiebt.

Eisen-

Eisenstamm.

Meine Sophie! Ach dir vergeben, wenn du mich nur nicht mehr hassest — —

Fr. v. Eisenstamm.

Ich liebe dich, als je eine zärtliche Frau ihren würdigen Mann geliebet haben kann. Gott in was für Irrthümer war mein Verstand verwickelt. Um eine Gütigkeit bitte ich dich, so unwürdig ich bin —. —

Eisenstamm.

Befiehl mit meinem Leben.

Fr. v. Eisenstamm.

Ich möchte gern eine Zeit lang auf dem Lande leben, meiner Ehre, meiner Ruhe wegen. Da wüßte ich aber keinen ergözendern Ort, als Stabs-hausen — —

Eisenstamm.

Wie glücklich bin ich! das Rittergut gehört dein, ich wußte, daß es dir da gefiele; ich hoffte gewiß, denn von einer Frau, die gesunde Vernunft hat, läßt sich alles hoffen, du würdest einst zu deinem zärtlichen Manne zurückkehren, ich bin seit gestern mit dem Kaufe richtig geworden. Wir können noch die Herbstmonate da zubringen, die Weinlese wird gesegnet seyn, wir leben unter tugendhaften Monarchen, da segnet Gott alles. Eine ländliche Musik, muntere, tugendhafte Freunde, dann nur die Tugend macht munter, da werden uns Freuden erwarten, die weit erhaben über alle andere sind, da will ich erst mein Hochzeitfest feyern, da werden uns Tugend, Sitt-

G 3

sam-

samkeit, Zärtlichkeit, reizende Amorn zur Seite
stehen — O meine Sophie!

Stubenkolm.

Gott, alles ist glücklich! meine liebste Fräulein Caroline —

Espenkreutz Vater.

Tochter, du bist 18 Jahre, das ist die Zeit
der Ehe; da wird sie reichhaltig, wie ein gesegne-
tes Jahr. Stubenkolm ist ein ehrlicher Mann,
er hat etwas gelernt, hat Vermögen, und wei-
het seine Talente dem Staate — du verstehest mich.

Eisenstamm.

Meine theureste Schwester, ich habe ihnen
so viele Verbindlichkeiten, die ich ihnen nicht ver-
gelten kann, die ihnen Gott belohne, Stubenkolm ist mein Freund. Wer der Freundschaft
fähig ist, wird ein guter Ehemann, meine beste
Caroline, wenn ich diesen ehrlichen Mann glücklich
sähe, aber ohne ihren Besitz kann er es nicht seyn.

Espenkreutz Sohn.

Schwester Caroline, Stubenkolm wäre mein
Mann, wenn ich eine Caroline, und also das reizendste Mädchen unter der Sonne wäre.

Caroline.

Daß doch die Officier so gern galant sind.

Espenkreutz.

Die Officier sind immer ehrerbietig gegen
Frauenzimmer, die durch ein edles Betragen Ehr-
furcht einflößen, wo sie aber Schwachheiten finden, da verachten sie.

Ca-

Caroline.

Stubenkolm, wollen sie ein Eisenstamm seyn?

Stubenkolm.

Ja, wenn sie die Frau von Eisenstamm sind.

Caroline.

Ja, sie schöner Herr, da möchte ich sehen, wie ihnen der Kamm aufschwölle. Ihre auffahrende Hitze —

Stubenkolm.

Eine vernünftige Frau beffert alles.

Caroline.

Es ist das Verlangen meiner theuren Anverwandten, bey der Ehe muß man immer wagen, da haben sie meine Hand; aber sie müssen nicht zu stolz darauf werden; ich werde meine Gerechtsame behaupten.

Espenkreutz Vater.

Böse Mädchen, fromme Weiber.

Stubenkolm.

Caroline, wie soll ich ihnen mein Entzücken — —

Caroline.

Durch Liebe und Achtung.

Hannenfeld.

Auf mich denkt kein Mensch, und ich habe euch gleichwohl heute einen Dienst geleistet —

Eisenstamm.

Liebe deine Frau, dann werden wir dich ehren.

Letzter

Letzter Auftritt.
Die Vorigen. Juliane.

Juliane.

Ich soll mich erkundigen, wie denn die Händel — ah, da ist ja der Herr Hauptmann, Caroline — —

Espenkreutz Sohn.

Was verlangen sie denn, Fräulein?

Juliane. Ich möchte gern heurathen, denn die Gesichter wären nicht so freundlich, wenn nicht etwas vom heurathen vorgienge.

Carol. Sie hat ein Auge auf dich, Hauptmann.

Juliane. Ja, sie wären mir just recht, Herr Hauptmann; ich möchte sie gern heurathen.

Espenkreutz Vater. Wollen sie warten, bis mein Sohn General ist?

Juliane. Nein.

Espenkreutz Sohn. Sie sind ein reizendes liebenswürdiges Fräulein!

Juliane. Nu, so nehmen sie mich.

Espenkreutz Vater. (scherzend) Können sie bis übers Jahr warten?

Juliane. Ich muß ja wohl.

Espenkreutz Vater. Umarmet mich, meine Kinder. Seyd tugendhaft. Meine Tochter Sophie, wie innig liebe ich dich. Meine Kinder, ich muß euch die Gerechtigkeit wiederfahren lassen. Die Tugend hat mehr Gewalt über das weibliche Geschlecht, als über uns Manner.

E N D E.

www.ingramcontent.com/pod-product-compliance
Lightning Source LLC
Chambersburg PA
CBHW020808020726
47495CB00008B/2638